Der Fisch im Briefkasten

Wahre Geschichten eifersüchtiger Frauen

Von Anja Westermann-Taddigs

Konfetti Verlag

Ein großes Dankeschön, für die freundliche Unterstützung, geht an die **SVG Wilhelmshaven**, An der Junkerei 38, 26389 Wilhelmshaven. Im Internet unter www.eurosecurity.de

ISBN 3-9810217-6-2

Gedruckt bei Brune-Mettcker Druck- und Verlagsgesellschaft mbH, Parkstraße 8, 26382 Wilhelmshaven.

Covergestaltung: Silke Herbst, Bockhorn
Zeichnung: Martina Schickora, Bockhorn
Lektorat: Kirsten Witte, Wilhelmshaven
Foto: Katja Ruge, Hamburg

Vorwort

Über einen längeren Zeitraum habe ich Eifersuchtsgeschichten aus ganz Deutschland gesammelt. Zum Schutz der beteiligten Personen wurden Namen und Orte geändert, die Geschichten entsprechen jedoch der vollen Wahrheit. Oftmals bin ich gefragt worden, ob Frauen in einer speziellen Altersgruppe stärker zur Eifersucht neigen als andere. Das kann ich verneinen, Eifersucht ist keine Frage des Alters.

Immer wieder trat auch die Frage auf, warum Frauen eifersüchtig sind. Einige sind es aus krankhaften Gründen, andere aus gutem Grund. Neid, Missgunst und Verlustängste können ebenfalls Auslöser für Eifersucht sein.

Oftmals macht man sich über eifersüchtige Frauen lustig. Man sollte sich jedoch auch einen Augenblick Zeit nehmen und überlegen, wie die Betroffene sich fühlt. Schlaflosigkeit, Magenprobleme, Depressionen und Minderwertigkeitskomplexe sind keine Seltenheit.

Die folgenden Geschichten sollten auf keinen Fall nachgeahmt werden.

Mit Unterstützung durch die Medien konnten einzigartige Geschichten aus ganz Deutschland gesammelt werden.

Ein großes **Dankeschön** geht an

das **Jeversche Wochenblatt**, Frau **Alice Düwel**
den **Friebo**, Frau **Alice Düwel**
die **Halterner Zeitung**, **Frau Bianka Glöckner** und
Herrn Christoph Winck
den **Anzeiger für Harlingerland**, Frau **Desiree Warntjen,**
und meinen alten Freund **H.-P. Heikens**
die Zeitschrift „**Mach mal Pause**“, Frau **Antje Wilken**,
Herrn **Olaf Butterbrod** und die Fotografin **Katja Ruge**
die Zeitschrift **„Frau von Heute“**, Herrn **Markus Dietsch,**
und an die **Nordwest Zeitung**

Inhalt

Der Teufel im Spiegel

Ein Landwirt aus dem Bayerischen Wald erzählt von der peinlichsten Nacht seines Lebens:

Ich war erst seit wenigen Jahren mit Ruth verheiratet, leider konnte ich ihr nie treu sein. Oftmals nahm ich es mir vor, doch immer wieder erfolglos. Ruth litt unter meinem Verhalten, aber auch diese Tatsache hielt mich von meinem Tun nicht ab. Schon oft hatte ich die Hochzeit mit Ruth bereut. Doch nun war es zu spät. Da ich sehr vermögend war, würde mich eine Scheidung sehr teuer zu stehen kommen. Oftmals schmiedete ich Pläne, um mein Geld vor dieser Frau in Sicherheit zu bringen.

Die Liebe zwischen uns war längst gestorben. Ruth war nicht mehr das sanfte Wesen, das ich einmal kennen gelernt hatte. Direkt nach der Hochzeit hatte sie sich ziemlich schnell zum Drachen entwickelt. Ständig machte sie mir Eifersuchtsszenen, doch da ich schlau war, konnte sie mir nie etwas beweisen.

Dann kam es so, wie es kommen musste. Den ganzen Tag über hatten Ruth und ich gestritten. Sie spürte wieder einmal, dass da noch jemand war, und sie hatte Recht. Ich hatte meine Verena, das Gegenteil von Ruth. Bei ihr fühlte ich mich wohl, und mittlerweile trafen wir uns jeden Abend. Mit meinem Oldtimer aus den 50er Jahren holte ich diese Traumfrau jeden Abend exakt um 20 Uhr ab. Gott sei Dank hatte mein Wagen eine durchgehende Vorderbank, somit kuschelte Verena sich während der Fahrt immer schön an mich.

Endlich war es so weit, ich schwang mich in meinen Wagen und fuhr los. Meine schreckliche Ehefrau hatte ich seit mindestens einer Stunde nicht gesehen. Nach unserem Streit hatte sie wutschnaubend das Haus verlassen. Mir war das egal.
Verena erwartete mich bereits winkend vor der Haustür, mein Herz klopfte mir bis zum Halse. Ich war tatsächlich richtig verliebt.
„Hallo, Liebling", begrüßte sie mich stürmisch mit einem innigen Kuss.
„Hallo, meine kleine Zaubermaus", erwiderte ich die Begrüßung. Verena hatte eine tolle Figur, Ruth dagegen wirkte eher dürr. Während unserer Ehe hatte sie einige Kilo abgenommen. Immer wieder behauptete sie, dass ich schuld sei. Ich war ja immer schuld.
„Wie war dein Tag?" Verena interessierte sich tatsächlich für mich.
„Ach, Maus, du glaubst gar nicht, was bei mir zu Hause los ist. Meine Frau wird immer bescheuerter, ich kann mir nicht erklären, warum ich diese Kuh geheiratet habe. Die Alte kannste wirklich komplett vergessen. Ich werde mein Geld in Sicherheit bringen und die Scheidung einreichen. Überlege nur noch, wie ich das am geschicktesten anstelle. Der Drache wird keinen Pfennig bekommen, mir hat noch keine Frau die Hosen ausgezogen ..."
„Doch, ich", widersprach Verena lachend und nestelte an mir herum.
„Warte, ich fahre auf den nächsten Parkplatz." Voller Vorfreude schaute ich prüfend in den Rückspiegel. Was ich dort sah, ließ mir das Blut in den Adern gefrieren.

Ruth hatte sich nach unserem Streit heimlich ins Auto geschlichen und sich dort zwischen Vorder- und Rückbank versteckt. Mittlerweile hatte sie es sich auf der Rückbank als blinder Passagier bequem gemacht. Ein hasserfülltes Gesicht blitzte mich an, als ich in den Spiegel sah.

Heute sind wir geschieden, mein Geld konnte ich nicht retten, und Verena ist auch weg. Dafür ist Silke jetzt da. Heiraten will ich nie wieder.

Schwedische Gardinen

Ein Mann erzählt:

Es ist ungefähr 20 Jahre her, als junger Mann hatte ich gerne immer mehrere Beziehungen nebeneinander laufen. Über die Frauen habe ich mir nie lange Gedanken gemacht. War eine weg, dann kam eben eine neue, und das ging ziemlich schnell.

Dann lernte ich Greta kennen, leider war sie sehr eifersüchtig, was mich aber nicht weiter störte, schließlich wollte ich sie nicht heiraten, sondern nur meinen Spaß.

„Gehst du heute Abend in die Disco?“ Greta schaute mich fragend an. „Baby, ich bin total kaputt von der Arbeit. Ein anderes Mal, okay?“

Schulterzuckend brachte sie mich zur Haustür.

„Dann bleibe ich eben auch im Haus. Hast du Lust, heute Abend mit mir fernzusehen?“

Genervt schaute ich Greta an, manchmal merkte sie wirklich nichts mehr.

„Ich bin zu Hause, du kannst es dir ja noch überlegen“, rief sie mir hinterher, als ich zum Wagen lief.

„Tschau, Süße.“ Ich war froh, als ich endlich im Wagen saß und vom Hof fuhr. Heute Abend war ich mit Mona verabredet. Innerlich hoffte ich, dass es zum Äußersten kommen würde.

Stunden später stand ich am Tresen meiner Stammdiskothek, die Eingangstür gut im Blick. Die Tür ging auf, und Mona kam. Freudig begrüßte ich sie. Als Gentleman gab ich erst einmal eine Cola-Weinbrand aus. Ziemlich schnell kamen wir uns näher, und eine heiße Knutscherei folgte, bis mir jemand auf die Schulter tippte.

„Wo hast du Greta denn gelassen?“ Klaus, ein gemeinsamer Freund, stand hinter mir und schaute mich fragend an.
„Greta? Ich hatte noch keine Gelegenheit, mit ihr Schluss zu machen“, log ich zähneknirschend. Der Gedanke war mir nämlich auch gerade erst gekommen.
„Brauchst du nicht mehr. Als echter Freund habe ich sie natürlich angerufen und ihr erzählt, was du hier so treibst.“ Klaus schaute mich verächtlich an.
„Na und?“, konterte ich mutig. Für einen Moment stieg in mir ein ungutes Gefühl auf. Nun war Mona da, was wollte ich noch mit Greta? Das ungute Gefühl wich einem guten …
Wieder widmete ich mich ausgiebig der Knutscherei. Vorsichtig ertastete ich im Schutz der Dunkelheit unter ihrem Pullover, was mich dort in wenigen Stunden erwarten würde. Große Vorfreude stieg in mir auf. Wer war auch noch Greta?
Mittendrin traf mich plötzlich unerwartet ein Schlag in den Rücken.
„Sind Sie Michael Klink?“, schrie mir eine tiefe Männerstimme hektisch ins Ohr. Trotz lauter Musik war sie gut zu verstehen.
„Ja, warum?“ Gereizt versuchte ich mich umzudrehen, doch ehe ich mich versah, klickten die Handschellen. Polizei!
„Was wollen Sie? Ich habe nichts verbrochen, Sie müssen sich irren“, versuchte ich klarzustellen.
Hunderte von Augenpaaren richteten sich auf mich. Diese Peinlichkeit war nicht zu überbieten. Wie ein räudiger Hund wurde ich abgeführt. Mona schaute mir erschrocken hinterher, unternahm aber nichts.
In den nächsten Stunden erlebte ich den blanken Horror. Ich bekomme heute noch Gänsehaut, wenn ich daran denke …
„Wo waren Sie am 5. Juni dieses Jahres?“ Das war die Frage, die mir immer wieder gestellt wurde.

„Meine Güte, das ist fast sechs Wochen her. Woher soll ich denn jetzt noch wissen, was ich an diesem Tage gemacht habe“, empörte ich mich. Angestrengt überlegte ich, versuchte mir irgendwelche Eselsbrücken zu bauen. Es fiel mir trotz aller Anstrengung nicht ein …

Irgendwann bekam ich mit, dass meine Wohnung und mein Elternhaus mitten in der Nacht durchsucht worden waren. Meine armen Eltern!

Gegen drei Uhr in der Frühe erfuhr ich endlich, was der Grund meiner Verhaftung war. Angeblich hatte ich in der Nähe von Osnabrück genau an dem besagten 5. Juni eine Bank überfallen.

„Wer behauptet denn so einen Scheiß?“, grölte ich erbost.

„Das darf ich Ihnen nicht sagen. Sie gelten als gewalttätig und unberechenbar.“ Der Beamte blieb ruhig und gelassen.

Die ganze Tortur ging noch bis in den nächsten Vormittag.

„Sie können gehen. Wenn sie möchten, bringe ich Sie nach Hause.“

Auf diese Worte hatte ich seit vielen Stunden gewartet. Plötzlich war der Kripotyp nett, entschuldigte sich sogar und brachte mich zum Parkplatz der Diskothek. Dort hatte ich am Vorabend meinen Wagen geparkt.

„Wer hat mich angezeigt?“, versuchte ich auf der Fahrt herauszufinden.

„Tut mir Leid, das darf ich Ihnen nicht sagen. Am besten lassen Sie einen Anwalt Akteneinsicht nehmen“, riet mir der Beamte.

Mir tat der Kopf vom vielen Grübeln und dem fehlenden Schlaf weh.

Susanne! Eine alte Bekannte von mir, das war die Lösung. Susi war ebenfalls im Polizeidienst tätig, sie könnte mir bestimmt sagen, wer mich angezeigt hatte.

Endlich wieder zu Hause, donnerte ich die Tür laut hinter mir zu und stürzte zum Telefon, um Susis Nummer zu wählen. Nach kurzem Klingeln ging sie ran. Ich erzählte ihr aufgeregt, was in der letzten Nacht passiert war.
„Jetzt leg dich erst einmal aufs Ohr und ruh dich aus. Sobald ich Genaueres weiß, rufe ich dich an", versprach Susi mir.
Eine Stunde später klingelte das Telefon, und ich stürzte an den Apparat.
„Eine Greta Carstens hat dich angezeigt. Sie hat ausgesagt, dass du ihr gegenüber zugegeben hast, die Bank überfallen zu haben. Außerdem sollst du in den letzten Wochen extrem viel Geld verschwendet haben. Dazu kommt deine angebliche Gewaltbereitschaft ..."
Blanke Wut stieg in mir hoch. Mit Greta würde ich auf jeden Fall nie wieder ein Wort reden.
Tatsächlich ist mir diese Frau nie wieder begegnet. Ich bekomme heute noch Gänsehaut, wenn ich an sie denke.

Liebling, die Post ist da …

Eine eifersüchtige Frau aus Norddeutschland erzählt:

Ortwin war meine große Liebe. Noch nie habe ich einen Mann derartig geliebt. Leider war er auch für andere Frauen sehr interessant, immer wieder wurden mir von „guten Freunden“ seine heimlichen Liebeleien gesteckt. Mich machte diese Tatsache oftmals fast wahnsinnig, ich vergoss viele Tränen und fühlte mich diesen unsichtbaren Gegnerinnen gegenüber hilflos.
„Ortwin hat schon seit über 14 Jahren ein Verhältnis mit einer Friseuse. Stell dir vor, die war sogar mal eine Freundin seiner Exfrau. Wehe, du sagst etwas, ich habe nichts gesagt“, erzählte mir eines Morgens jemand aus seiner Familie.
Seit 14 Jahren! Ich war erschüttert. Tausend Gedanken schossen mir auf einmal durch den Kopf. So eine Sauerei! Ich muss ihn überführen, nahm ich mir vor. Na warte!
In der folgenden Zeit schaute ich immer öfter auf seinem Handy nach. Mir fiel auf, dass er immer dieselbe Nummer wählte, bevor er zu mir nach Hause kam. 3380! Wem gehörte diese verdammte Telefonnummer? Mit klopfendem Herzen wählte ich heimlich die Nummer. BINGO! Die blöde Friseuse nahm ab. Ich beobachtete diesen Vorgang einige Wochen. Fast jeden Abend entdeckte ich diese Nummer. Es konnte also kein Zufall sein. Jetzt musste ich zu Taten schreiten. Am liebsten hätte ich diese blöde Kuh zur Rede gestellt. Seit einigen Jahren arbeitete sie in einem Lebensmittelladen als Aushilfskraft. Oft war ich dort einkaufen gegangen, immer hatte sie mich mit einem schmierigen Grinsen bedacht. Bis zu dem Tag, an dem ich ihr einfach die Zunge rausstreckte und sie hämisch auslach-

te. Der Erfolg war, dass sie mich zukünftig gar nicht mehr beachtete. Gott sei Dank!
Der Telefonkontakt zwischen den beiden riss trotzdem nicht ab. Irgendwann wurde ich unausstehlich, stellte Ortwin zur Rede, stritt mich mit ihm wegen jeder Kleinigkeit. Es wurde für uns beide unerträglich und ging so weit, dass Ortwin irgendwann das Weite suchte ....
Zuerst war ich über diese Tatsache erleichtert, doch dann kam die Wut. Rachegedanken stiegen in mir auf, und ich konnte keine Nacht mehr schlafen. Immer wieder überlegte ich, womit ich ihn am besten ärgern könnte. Eines Tages war es so weit! Ich lief über den Wochenmarkt und kam an einem Fischstand vorbei. Fisch! Das war die Idee! Ich kaufte einen Hering und ging nach Hause. Dort knotete ich den Fisch in eine Plastiktüte ein und ließ ihn zwei Wochen im warmen Heizungsraum liegen. Als ich eines Tages bemerkte, dass sich Brummer auf die Tüte setzten, wusste ich, dass ich meinen Plan schleunigst weiter verfolgen musste.
Ich war aufgeregt, und die Minuten vergingen wie Stunden. Mitten in der Nacht war es dann so weit. Ich fuhr zu Ortwins Haus, den vergammelten Fisch im Gepäck und steckte ihn in den Briefkasten.

In dieser Nacht konnte ich zum ersten Mal wieder richtig schlafen. Dem hatte ich es gegeben, zumal er in solchen Sachen sehr pingelig war. Am nächsten Tag hörte ich gar nichts, am übernächsten kam sein Neffe zu mir zu Besuch. Ich kochte uns einen Cappuccino, mein Herz raste, was jetzt wohl käme?
„Wenn ich das Schwein erwische, dem reiße ich den Kopf ab“, schimpfte Erik plötzlich los.
„Welches Schwein?“ Ich tat überrascht.
„Na, da hat jemand bei Ortwin einen vergammelten Fisch

in den Briefkasten gesteckt. Er kam zu mir herüber gelaufen und schrie: ‚Erik, komm schnell her, den Kopf habe ich schon weggemacht, den Rest musst du machen, ich kann nicht mehr.' Du glaubst gar nicht, was das für eine Sauerei war, zumal Ortwin auch noch neben den Briefkasten gekotzt hat." Erik glotzte mich mit funkelnden Augen an.
„Aber ..." Erschrocken schaute ich ihn an. Jetzt hätte ich mich doch fast verplappert, schließlich hatte der Fisch gar keinen Kopf gehabt.

Ortwin hatte immer geahnt, dass ich ihm den Fisch in den Briefkasten gesteckt hatte, konnte es jedoch nie beweisen. Heute, Jahre später, sind wir wieder gute Freunde und können gemeinsam über meine Tat lachen. So viel Humor hätte ich ihm nicht zugetraut.

Mörderische Ehefrauen

In einer lauen Sommernacht saß ich mit mehreren Freunden am Hafen, die Stimmung war heiter, bis ein Anwalt anfing zu erzählen:

„Wisst ihr, dass es wahnsinnig gefährlich ist, wenn man in einem Haus schläft, in dem sich eine wütende, eifersüchtige Frau aufhält? Ich würde gar kein Auge zukriegen vor lauter Angst."
„Ach, Bernd! Jetzt übertreibst du aber", gab ich zu bedenken. „Was sollte an einer schwachen Frau nur gefährlich sein?"
„Es gibt keine schwachen Frauen. Ab einem gewissen Punkt werden Frauen link und brandgefährlich."
Fragend schauten wir Bernd an. Nun waren alle neugierig auf das, was er gleich erzählen würde.
Bernd genoss den Augenblick der vollen Aufmerksamkeit, bevor er endlich anfing.
„Ich muss momentan zwei Frauen vor Gericht vertreten. Beide Fälle sind ähnlich.

In dem ersten Fall hat sich das Ehepaar fast die ganze Nacht gestritten. Es ging um Eifersucht, bis es dem Mann zu viel wurde und er sich einfach ins Bett legte. Die Frau drehte komplett durch, setzte einen großen Topf mit Wasser auf den Herd und kochte es. Und jetzt kommt es richtig schlimm! Dieses Weib ist doch tatsächlich mit dem kochenden Wasser ins Schlafzimmer geschlichen und hat es ihrem Mann über den Körper gekippt. Der ist für sein Leben entstellt, und ich muss diese Frau vertreten, was mir ein bisschen schwer fällt …"

Betretenes Schweigen in der Runde. Niemandem fiel dazu ein passender Kommentar ein.
„Und die nächste Geschichte?“, bohrte ich interessiert nach und rieb mir die Arme, weil ich Gänsehaut bekam.

„Tja, die nächste Geschichte ist nicht viel weniger schlimm. Im Grunde genommen der gleiche Anlass. Nächtlicher Streit – Eifersucht – Mann lässt Frau einfach stehen und geht schlafen. Die Frau fühlt sich von ihm missverstanden und dreht immer weiter durch, ist am Toben. Er hatte den ganzen Tag hart gearbeitet und ist körperlich völlig erschöpft, er brauchte seinen Schlaf. Da nimmt sie einen schweren Eichenstuhl und schlägt ihn dem schlafenden Ehemann auf den Kopf. Sie hätte ihren Mann fast erschlagen.“

Nach Bernds letzten Worten ging eine Diskussion los.

Waren diese beiden Fälle nur Zufall? Oder ist es tatsächlich gefährlich, schlafen zu gehen, wenn sich eine tobende Frau im Haus aufhält?

Die Prostituierte

Eine Frau ärgert sich über ihre eigene Dummheit, wobei man diese Dummheit vielleicht durch blinde Liebe/Vertrauen erklären kann:

Ich war nun schon seit einigen Monaten mit Hannes zusammen. Es hatte ein bisschen gedauert, bis er mein Vertrauen gewann. Er war Werbesprecher und konnte sich grundsätzlich winden wie ein Aal – ich aber glaubte ihm immer. Am Anfang unserer Beziehung war er aufmerksam und lieb. Er bettelte förmlich um meine Liebe.
„Du, Hannes ist seit 14 Jahren alleine. Ein echter Traummann", hatte mir eine liebe Freundin vorgeschwärmt. Er hatte sie, wie alle anderen, belogen.
Vom Körper her war er absolut nicht mein Traum, sein dicker, schwabbeliger Bauch war eher abschreckend, zum ersten Mal sah ich bei einem Mann Schwangerschaftsstreifen.
Sein Charakter war allerdings anscheinend einmalig. Immer wieder überraschte er mich mit einer Sensibilität, die ich vorher noch nie bei einem Mann erlebt hatte. Ich verliebte mich in seinen Charakter, über körperliche Unansehnlichkeiten sah ich hinweg. Aussehen war für mich noch nie wichtig gewesen.

In den folgenden Wochen lud er mich oft irgendwohin ein. Plötzlich waren die Sonntage nicht mehr grau, sondern bunt. So viel hatte ich in den letzten Jahren nicht erlebt. Sollte ich endlich einmal im Leben Glück haben?

Nein!

Es kam so, wie es kommen musste, wir kamen zusammen, und ich liebte ihn von Tag zu Tag mehr. Jeden Tag dachte ich, jetzt gibt es keine Steigerung mehr, und es gab doch noch eine!

Am Anfang fiel mir seine Ängstlichkeit auf. Wiederholt weinte und schrie er nachts im Bett, einmal würgte er mich sogar, weil ich irgendeinen Vertrag unterschreiben sollte. Anscheinend schlafwandelte er. Mit Liebe und Geduld versuchte ich, ihm seine Existenzängste zu nehmen.
„Wenn ich mal in Rente gehe, dann habe ich gar nichts mehr“, jammerte er häufig.
„Liebling, wenn wir zusammenbleiben, sorge ich für dich. Ich schwöre dir, dass du keine Angst haben musst“, beruhigte ich ihn immer wieder und meinte es sehr ernst damit. Ich war fast 24 Jahre jünger als er und voller Elan. Er dagegen wirkte oftmals leicht kränklich. Ich stellte einen Wirtschaftsplan für unsere gemeinsame Zukunft auf, arbeitete häufig bis an meine Grenzen.
Eines Morgens bekam ich plötzlich das Bedürfnis, ihm zu schreiben, wie lieb ich ihn hatte. Der SMS-Text lautete:

ICH DANKE GOTT DAFÜR, DASS ER MIR SO EINEN ENGEL GESCHICKT HAT. ICH KANN MIR NICHT VORSTELLEN, WIE ES OHNE DICH WÄRE. LIEBE DICH VON GANZEM HERZEN.
DEINE FRAU

Einige Tage zuvor hatte er mich nachts auf dem Rückweg von Wiefelstede nach Hahn-Lehmden im Auto gefragt, welchen Nachnamen ich tragen wollte, wenn wir heiraten würden. Daher dachte ich mir nichts dabei, die SMS so zu unterschreiben.

Wenige Minuten später bimmelte mein Handy. Seine Antwort kam:

DU KLAMMERST!

Ich starrte entsetzt auf das Display, und tiefes Schamgefühl stieg in mir auf. Minutenlang saß ich im Auto und weinte. Was war plötzlich los?

Die folgende Zeit war nicht mehr der Himmel auf Erden. Das heißt, sobald ich mich Richtung Himmel bewegte, schubste er mich wieder auf den harten Boden.

Hier nur ein paar Beispiele: Mein Weisheitszahn wurde gezogen – sein Kommentar: „Ich küsse dich in der nächsten Zeit nicht mehr, jetzt hast einen Blutmund.“
Jeden Donnerstag ging er alleine zum Tanzen nach Horsten – sein Kommentar: „Du, ich muss auch mal alleine raus. Wenn ich zu viel getrunken habe, rufe ich dich an, dann kannst du mich abholen und nach Hause bringen.“
Einige Male ist dies auch geschehen, ich habe es gerne getan, weil ich ihn liebte. Nachts aus dem warmen Bett raus, ihn abholen, hin und zurück 70 Kilometer fahren, danach versuchen, wieder einzuschlafen.
Weil ich ihm grenzenlos vertraute, hatte ich kein Problem damit, wenn er auch mal alleine wegging.

Schließlich wurden bei mir Krebszellen gefunden, und ich musste operiert werden. Ich wusste nicht, wie ich nach Oldenburg ins Krankenhaus kommen sollte, angeblich konnte Hannes mir nicht helfen, weil er von seinem Chef keinen freien Tag bekam. Hinterher erfuhr ich, dass er gar nicht versucht hatte, sich einen Tag Urlaub zu nehmen.

Eine gemeinsame Bekannte konnte sich das ganze Spiel manchmal nicht mehr mit ansehen. Nach und nach erfuhr ich, dass Hannes mit seinen fast 60 Jahren (!) vor mir einen großen Verschleiß an Frauen gehabt hatte. Viele blutjunge Mädchen und einige Prostituierte waren darunter. Meine direkte Vorgängerin war eine Nutte, die sogar verheiratet war. Angeblich wusste ihr Ehemann nichts von ihrem Nebenjob.

Ich war entsetzt.

Eines Tages saß ich bei unserer Bekannten auf der Terrasse.
„Und du hörst schon die Hochzeitsglocken läuten?“ Fragend schaute sie mich an.
„Wie bitte?“
„Hannes hat meinem Mann erzählt, dass du ihn mit der Hochzeit bedrängen würdest“, war ihre knappe Antwort.
„Nein, er hat mich einmal gefragt, wie ich heißen möchte, wenn wir heiraten. Aber ich habe das gar nicht so ernst genommen. Wir sind ja erst seit einigen Monaten zusammen.“ Wut stieg in mir auf.
„Du sollst ihm auch so Schweine-SMS schicken“, bohrte sie weiter nach. Dann wiederholte sie tatsächlich einen Text, den ich ihm vor einigen Wochen geschrieben hatte. In Wirklichkeit hatte er mir zuvor eine erotische SMS geschickt, auf die ich mit einer ebenso erotischen SMS geantwortet hatte. Anscheinend hatte er meine SMS herumgezeigt, aber dabei nicht gesagt, dass er mir zuvor eine ebensolche geschrieben hatte. Im gesamten Bekanntenkreis galt ich nun als geiles Stück.
„Du ziehst im Bett Lackklamotten an“, erzählte sie mir als Nächstes.

Hannes hatte mich tatsächlich darum gebeten, solche Sachen zu tragen. Ich stand nicht darauf, tat es aber schließlich ihm zuliebe. Im Übrigen war ich froh, dass ich von seinen anderen perversen Neigungen verschont blieb. Da waren Lackklamotten sehr harmlos.
Ich war fassungslos. Unser gesamtes Privatleben war anscheinend Gesprächsthema Nummer eins. Wenn er wenigstens die Wahrheit gesagt hätte.
Monate später, einige Tage vor meiner Operation, stand plötzlich eine Bekannte mit ihrem Mann vor meiner Tür.
„Ich muss dir etwas sagen. Ich kann das alles nicht mehr mit meinem Gewissen vereinbaren", eröffnete ihr Mann das Gespräch.
„Du darfst nicht mit zum Tanzen nach Horsten, weil Hannes sich dort mit deiner Vorgängerin verabredet hat. Und die ist schließlich auch noch verheiratet. Dich ruft er immer erst an, wenn er sicher ist, dass sie nicht mehr kommt. Außerdem fährt er noch regelmäßig zu ihr in den Laden und lässt sich dort von ihr verwöhnen. Deine Vorvorgängerin hat er heimlich beim Sex aufgenommen. Gerne spielt er ein Tonband mit ihrem Sexgestöhne vor. Er brüstet sich damit, dass er so gut im Bett ist."
Mein ganzer Körper zitterte. Die ganzen letzten Tage hatte ich vor der OP Angst gehabt, Hannes hatte mich nicht unterstützt, war eher gleichgültig gewesen und jetzt auch noch das!
„Ich finde es nicht richtig, wenn wir dieses Gespräch ohne ihn führen. Er soll die Möglichkeit haben, dazu Stellung zu nehmen." „Dann ruf ihn an, ich stehe zu meinen Worten", erwiderte sein Freund ruhig.
Natürlich wollte Hannes keine Stellung dazu beziehen. Ich bat die beiden um die Telefonnummer von Hilke, meiner Vorgängerin.

„Du, Hannes hat die gesamte Familie finanziert“, klärte meine Bekannte mich auf.
Auf jeden Fall wollte ich sie zur Rede stellen. Ich bekam die Nummer und rief den ganzen Samstag und Sonntag über immer wieder dort an. Leider sprang nur der Anrufbeantworter an, einige Male hinterließ ich wütend eine Nachricht.
Montags packte mich dann die Wut. Ich rief einfach auf der Arbeitsstelle an und verlangte nach Herrn Müller, Hilkes Mann.
„Der hat sich krankschreiben lassen“, klärte mich der Mann am anderen Ende auf.
Jetzt wurde mir alles zu viel.
„Wissen Sie eigentlich, dass die Ehefrau von Herrn Müller in einem Bordell in Großheide anschaffen geht? Verdienen Ihre Mitarbeiter so wenig?“ Bevor der verdutzte Mann antworten konnte, legte ich einfach auf. Ich wurde mit einer Nutte betrogen, das war zu viel für mich. Den ganzen Tag weinte ich hemmungslos. Was hatte ich in den letzten Monaten alles ertragen müssen? Morgen war der Tag meiner OP.

Abends rief Hannes mich dann an. Auch er weinte und übergab seiner Schwiegertochter den Hörer, als er nicht mehr konnte. Sie versuchte, uns beide zu beruhigen. Eine Stunde später war er bei mir, und wir gingen im Schlosspark spazieren. Zum ersten Mal führten wir ein ernsthaftes Gespräch miteinander, normalerweise reichte seine Intelligenz nur, um dumme Witze zu erzählen. Über diese Wendung war ich erstaunt. Ich doofe Gans verzieh ihm tatsächlich. Hätte ich das nur nicht getan, dann wäre mir vieles Weitere erspart geblieben. Wieder einmal glaubte ich seinen vielen Lügen.

Heute bin ich wieder Single, **ich** habe mich von ihm getrennt. Grund dafür waren nicht nur seine Betrügereien, sondern auch seine fehlende Intelligenz.

Hannes beglückt nun eine verheiratete 58-jährige Architektenfrau aus dem schönen Münsterland und alles, was ihm vor die Flinte läuft.

Frau Wiesel

Eine Leserin der HAZ erzählt:

Es ist jetzt ungefähr 10 Jahre her, trotzdem bin ich immer noch wütend, wenn ich an meinen Exmann denke. Andauernd starrte er anderen Frauen hinterher und vergaß mich dabei ganz. Seine fehlende Aufmerksamkeit machte mich krank. Ich wurde nervöser und nervöser ...
„Fahren Sie doch einfach mal zur Kur", riet mir unser Hausarzt eines Tages.
„Aber ich kann meinen Mann doch nicht alleine lassen", konterte ich sofort.
„Ihr Mann wird sich sein Essen wohl selber machen können. Wenn Sie so weiter machen, dann klappen Sie mir bald ganz zusammen."
Ich überlegte angestrengt, schließlich ging es nicht ums Essen machen, sondern um seine Untreue. Sicherlich würde er sich für die Zeit meiner Abwesenheit wieder einmal sofort eine andere Frau suchen. Ich kannte Gerd langsam. Nur wie sollte ich das verhindern?
Ela, meine Freundin aus dem Sonnenstudio, könnte ja einen Blick auf ihn werfen und ihn kontrollieren. Auf jeden Fall würde ich sie jeden Tag anrufen und nach dem Stand der Dinge fragen.
Als ich ihr gegenüber meine Bitte zum Ausdruck brachte, blickte sie mich begeistert an. Ela war eine stadtbekannte Giftmischerin und stachelte gerne Menschen gegeneinander auf. Diese Tatsache hielt mich aber nicht davon ab, sie um diesen Gefallen zu bitten.
Der Tag meiner Abreise kam näher und ich wurde immer unruhiger.

„Versprichst du mir, kein anderes Weib anzufassen?“ Bittend sah ich Gerd an. Dieser lachte nur spöttisch.
„Was du immer hast. Natürlich fasse ich keine andere Frau an. Wir sind doch nicht im Zoo. Was glaubst du eigentlich immer nur von mir?“
Für einen kurzen Moment stieg ein schlechtes Gewissen in mir auf, bis mir einfiel, dass ich ihn tatsächlich schon zweimal erwischt hatte.
Nein!
Meine Sorgen waren absolut begründet.
Die Kur verging wie im Fluge. Ich lernte andere Menschen kennen, hatte sogar einen Verehrer. Natürlich rief ich jeden Tag zu Hause an. Gerd war eher selten zu erreichen, auch bei Ela rief ich jeden Tag an. Sie gab nur merkwürdige Andeutungen von sich.
„Wenn du wüsstest … Ich will dir deine Kur nicht verderben … Nimm dir das nicht zu Herzen … Ach, erhol dich einfach …“
Ela hatte gut reden, mit ihren komischen Bemerkungen machte sie mich fast verrückt.
Jedenfalls war ich froh, als ich wieder zu Hause war. Erleichtert lenkte ich meinen Wagen auf unsere Hofeinfahrt. Gerd war mal wieder nicht da, in den letzten Tagen hatte ich ihn nie erreichen können. Alles sah so merkwürdig tot aus, die Jalousien in der unteren Etage waren heruntergelassen, dabei war es noch heller Tag.
Mit klopfendem Herzen betrat ich unser Haus, der erste Gang war ins Badezimmer. Sein Rasierer, die Zahnbürste und einige andere Dinge fehlten. Nun stürmte ich ins Schlafzimmer und riss den Schrank auf. Seine Kleidung fehlte ebenfalls.
Wie eine Geisteskranke raste ich zu Ela, sie würde garantiert wissen, was los war.

„Tja, ich wollte es dir ja eigentlich nicht als Erste sagen. Gerd ist jetzt mit der Wiesel zusammen; soweit ich weiß, wohnt er auch bei ihr. Sie war einige Male zum Bräunen hier und hat so einiges erzählt, aber das erspar ich dir lieber."
Abwartend lehnte Ela sich zurück, sie musterte mich genau. Mein Kopf war kurz vorm Explodieren. Jetzt bloß nicht heulen, dachte ich verzweifelt, als ich Elas Sonnenstudio verließ.

Zu Hause angekommen überlegte ich erst einmal, kochte mir einen Kaffee und rauchte Kette. Das sollte er büßen! In Ruhe ging ich noch einmal durchs Haus. Außer seinem persönlichen Eigentum hatte er nichts mitgenommen. Ich ging in die Waschküche, und mir verschlug es die Sprache. Seine dreckige Wäsche hatte er zurückgelassen.
Na, warte! In mir wuchs ein gemeiner Plan. Ich nahm seine Unterhosen und einen braunen Kajalstift, um an die richtige Stelle einen fetten Bremsstreifen zu malen. Desto mehr Unterhosen ich auf diese Art und Weise verzierte, wuchs meine Stimmung …
Dann nahm ich ein großes weißes Bettlaken, und mit einem schwarzen Stift schrieb ich eine Nachricht für Frau Wiesel darauf …
Am nächsten Tag war der Skandal perfekt. Über Nacht hatte ich den Vorgarten von der Wiesel mit Gerds schmierigen Unterhosen dekoriert, für jeden gut sichtbar. Das Bettlaken hatte ich heimlich an der Hauswand befestigt. Darauf stand:

WENN DU SCHON MEINEN MANN HABEN MUSST, DANN NIMM AUCH SEINE DRECKIGEN UNTERHOSEN.

Bitte lächeln, klick ...

Eine Hobbyfotografin aus einer westfälischen Kleinstadt erzählt:

Niemals hätte ich geglaubt, dass mein Mann mich einmal betrügen würde. Er hatte sehr feminine Züge, wirkte auf andere Menschen manchmal sogar etwas tuntig. Mich störte das weniger, ich sah in ihm einen Freund, Ehemann und guten Vater. Unser Sexualleben wurde mit der Zeit immer weniger.
Das ist doch normal, verriet mir eine gute Freundin. Ich dachte immer, dass eigentlich Männer triebhafter seien als Frauen, doch in unserem Fall war das genau anders herum. Gero war der Zurückhaltende.

Eines Tages outete er sich endlich. Der Zufall half dabei nach! Ich erwischte Gero im Bad, wie er gerade meinen Lippenstift ausprobierte. Im ersten Moment war ich entsetzt und starrte ihn an. Aus seinem markanten Gesicht strahlte mich ein roter Kussmund an. Verschämt wischte er sich mit einem Kosmetiktuch die rote Farbe aus dem Gesicht, ich konnte mir ein Lachen kaum noch verkneifen.
„Wie bist du denn drauf?“ Nach einer Erklärung heischend sah ich ihn an.
Gero stammelte etwas vor sich hin und rannte raus.
Mir ließ das Geschehen keine Ruhe, ich musste mit meiner besten Freundin sprechen. Eine Stunde später saß ich in ihrer Küche und trank erst einmal einen Weinbrand zur Beruhigung. War Gero etwa schwul?
„Ach Quatsch“, entgegnete meine Freundin. Über Stunden debattierten wir heftig, erst als wir einen Schlüssel in der

Wohnungstür hörten, stellten wir unser Gespräch ein. Fred, der Mann meiner Freundin, kam nach Hause. Auf gar keinen Fall sollte er etwas mitbekommen, verschwörerisch blinzelte ich meiner Freundin zu, bevor ich mich verabschiedete.

Als ich wieder zu Hause war, versuchte Gero mir aus dem Weg zu gehen. Ich verstand seine merkwürdige Reaktion nicht. „War doch gar nicht so schlimm", beruhigte ich ihn. Leider huschte mir dabei ein schmieriges Grinsen übers Gesicht.
In den nächsten Tagen normalisierte sich unser Alltagsleben wieder, und auch Gero wurde wieder der Alte.
Mit Argusaugen untersuchte ich meine Kosmetik nach ungewöhnlichen Gebrauchsspuren, fand aber nichts.
Wenn es bei uns im Bett hoch her ging, war ich die Dominantere. Oftmals hatte ich das Gefühl, dass er sich einfach nur noch seinem Schicksal ergab und froh war, wenn er „es" hinter sich hatte. So machte mir der Sex nun auch nicht mehr viel Spaß.
Gero war eben ein typischer Banker, oftmals trocken und langweilig.
Von einem zum anderen Tag sollte sich dann jedoch alles ändern! Unter dem Beifahrersitz unseres Wagens fand ich einen getragenen String. Mir gehörte dieses Wäschestück nicht! Auch wenn es mir schwer fiel, sagte ich nichts und hielt einfach nur die Augen und Ohren offen.
In der folgenden Zeit kam Gero immer öfter abends spät nach Hause. Seine Bankfiliale war seit Stunden geschlossen, wo hatte er sich nur herumgetrieben? Kurzerhand beschloss ich, ihm einfach vor seiner Bank aufzulauern und ihn zu verfolgen. Ich würde schon noch herausfinden, wo sich mein lieber Mann herumtrieb. Er hat es mir noch nicht einmal schwer gemacht! Die Bank schloss ihre Pforten und

Gero lief im Schutz der Dunkelheit zu seinem Wagen. An seiner Hand die Auszubildende, ich hatte sie vor einiger Zeit einmal flüchtig kennen gelernt. Mir fielen fast die Augen aus dem Kopf, schnell versteckte ich mich mit meinem Rad so, dass die beiden mich nicht sehen konnten.
Jetzt wusste ich, was los war. Das Lehrmädchen! Der String passte auf jeden Fall zu ihr. Ich hatte Mühe und Not, meine Wut zu unterdrücken, anscheinend hatten die beiden tatsächlich ein Verhältnis.
Ich fuhr nach Hause, alles schien sich um mich zu drehen. Auf jeden Fall würde ich Gero verlassen, er sollte nur nicht so gut dabei wegkommen. In meinem Kopf drehte sich alles, bis mir die Sache mit dem Lippenstift wieder einfiel. Ich schmiedete einen boshaften Plan …

Als Gero zu später Stunde heimkam, erwartete ich ihn bereits mit einer Flasche Cognac.
„Ach, wir haben so lange nicht mehr miteinander geredet. Lass uns doch noch ein Gläschen trinken“, säuselte ich ihm ins Ohr.
„Ich bin kaputt. Wie haben doch ohnehin nicht viel, über das wir uns unterhalten können.“ Gero wehrte mich tatsächlich ab. Vielleicht hatte er auch nur Angst, dass ich ihm wieder an die Wäsche gehen könnte.
„Ich wollte doch nur ein Gläschen mit dir trinken“, schmollte ich beleidigt. Gero gab sich geschlagen und schmiss sich aufs Sofa. Ich schenkte ihm einen kräftigen Cognac ein und plapperte belangloses Zeug. Mit müden Augen hörte er mir zu, bis ich endlich aufs Thema kam.
„Du … Die Sache mit dem Lippenstift fand ich wirklich nicht schlimm. Du bist ein hübscher Mann und wahrscheinlich wärst du auch eine sehr hübsche Frau geworden.“
Verunsichert sah Gero mich an.

„Was hältst du davon, wenn ich dich einfach mal wie eine richtige Frau style. Stell dir vor, du heißt nicht Gero, sondern Gerda, und ich bin deine beste Freundin.“ Mit gespielter Begeisterung sah ich ihn an. Er war tatsächlich verdutzt.
„Ach, so ein doofes Spiel. Ich bin müde und will ins Bett“, wehrte er mürrisch ab. An seinen Augen konnte ich allerdings erkennen, dass dieses Spiel keineswegs doof war. Sein Glas war leer und ich goss aufmerksam nach, eine Stunde später hatte ich ihn so weit. Entspannt lehnte er seinen Kopf zurück und ließ sich von mir schminken. Einige Male gluckste er sogar fröhlich.
„Meine Freundin“, lallte er mehrfach.
„So, nun bist du fertig, aber die Klamotten stimmen noch nicht“, gab ich zu bedenken.
Tatsächlich konnte ich Gero dazu bewegen, meine Unterwäsche anzuziehen. Albern lachte er lauthals, als er sich das erste Mal im Spiegel betrachtete.
„Bitte lächeln“, rief ich belustigt und drückte ab. Erschrocken schaute Gero in die Kamera.
„Nun hab dich nicht so. Lass uns mal ne richtige Fotosession machen, ich gebe dir die Bilder mit CD. Keine Angst“, versuchte ich Gero zu beruhigen.
Tatsächlich glaubte er mir. Kein Wunder, schließlich konnte er immer Vertrauen zu mir haben. Nur diesmal sollte er sein blaues Wunder erleben. An diesem Abend fotografierte ich Gero in erotischen Posen. Er bekam immer mehr Spaß.
„Dass du so etwas mitmachst, hätte ich nie geglaubt“, sagte er mir zum Schluss.
Dabei umarmte er mich und machte Annäherungsversuche. Ich schob ihn zum ersten Mal beiseite, verwundert sah er mich an. Ablehnung war er von mir nicht gewohnt. Ich dachte an die Auszubildende und an den Stringtanga, Ekel stieg in mir hoch.

„Ach lass mal, ich bin jetzt müde", war meine knappe Antwort.
Am nächsten Tag ließ ich in einer benachbarten Stadt sofort die Fotos entwickeln. Natürlich in doppelter Ausfertigung. Wenige Tage später legte ich ihm eine Ausfertigung und die CD auf den Küchentisch. Zufrieden sah er sich die Bilder an. „Hast du wirklich kein Problem damit?" Er schien zu zweifeln.
„Natürlich nicht! Sind doch tolle Bilder geworden", antwortete ich knapp. Die zweite Ausfertigung der Bilder hatte ich auf dem Dachboden liegen.
„Na ja, anscheinend bekommen wir eine völlig neue Grundlage in unserer Partnerschaft. Ich muss dir etwas beichten ..."
Erstaunt sah ich meinen Mann an. Würde er mir jetzt von seiner Geliebten berichten? Nein! Es kam viel schlimmer.
„Du weißt, dass ich auf Frauenkram stehe. Ich weiß selber nicht warum, aber es reizt mich sehr. Kurz bevor ich dich kennen gelernt habe, hatte ich ein Verhältnis mit einem Mann. Er hieß Günther, du kennst ihn nicht. Wir waren ungefähr 7 Monate heimlich ein Paar."
„Wer war das Weibchen?" Mein Mund wurde trocken, ich musste schlucken. Mein Mann war tatsächlich bisexuell, und er hatte es mir so lange verheimlicht. Grauen und Wut stiegen in mir hoch. Nicht dass er mich nur mit einem jungen Mädchen betrog, nein, er hatte auch noch etwas mit einem Mann gehabt. Jetzt wusste ich endlich, warum er sich so oft zierte, wenn ich mit ihm schlafen wollte. Ich nahm mir ganz fest vor, nie wieder Sex mit ihm zu haben, er war nur noch ekelig.
In den folgenden Wochen beobachtete ich ihn mit Argusaugen. Oftmals fragte er mich, was mit mir los sei. Nichts, log ich ihn jedes Mal an.

„Ich habe nächstes Wochenende eine Fortbildung im Harz", teilte er mir eines Morgens mit.
Ich nickte stumm und nahm mir vor, ihm hinterherzufahren. Tatsächlich erwischte ich ihn bei dem „Fortbildungswochenende" auf frischer Tat. Meinen Rachegelüsten ließ ich nun freien Lauf. Ich steckte die verwerflichen Fotos in mehrere Briefumschläge und adressierte sie an die Eltern der Auszubildenden, an den Arbeitgeber meines Mannes, an seine Freunde usw. Damals war es mir egal, welche Lawine ich mit dieser Tat lostreten könnte.

Auf jeden Fall konnten wir beide nicht mehr weiter in unserem Heimatort leben. Die Auszubildende trennte sich von Gero. Mein Exmann lebt heute irgendwo in Köln, ich träume davon, nach Spanien auszuwandern.

Die zweibeinige Zielscheibe

Ein Camper aus Niedersachen erzählt von einer schmerzhaften Eifersuchtsszene:

Mit Inga war ich nun seit fast 5 Jahren verheiratet. Außer ihrer extremen Eifersucht hatten wir keine Probleme. Immer öfter wurde meine Frau mir gegenüber gewalttätig, und ich konnte mich nicht wehren.
Ein Mann schlägt keine Frauen, hatten meine Eltern mir früher immer wieder eingetrichtert. Ich hatte Hemmungen, wenn Inga ihre Hand gegen mich erhob.
Dann kam der Tag, der das Ende unserer Ehe heranbringen sollte. Wir machten einen Wochenendurlaub am Meer, unser Wohnwagen stand immerhin schon seit 4 Jahren auf dem Campingplatz, und wir hatten dort mittlerweile viele Freunde.
„Onkel Heiner, kannst du mir helfen? Mein Rad hat einen Platten …“ Bittend sah mich die 15-jährige Tochter unseres Platznachbarn an.
Natürlich half ich Sina gern. Reifen flicken zählte früher zu meinen Spezialitäten. Inga saß unterdessen bei anderen Nachbarn im Wohnwagen und trank „Kurze“ (Schnaps). Die Frauen knobelten die Runden aus. Ein ungutes Gefühl stieg in mir hoch, denn ich wusste genau, was mich erwartete, wenn Inga zu viel getrunken hatte.
Eifrig ging ich meiner Arbeit nach.
„Wo willst du denn hin?“, fragte ich Sina gedankenlos.
„Ich treffe mich nachher mit Alex hinter dem Kiosk“, antwortete sie freudig.
Ich schaute zu Sina herüber, und erst jetzt viel mir auf, dass sie sich außergewöhnlich sexy zurechtgemacht hatte. Ein

bauchfreies Top und eine knappe Hotpants zeigten mehr als sie verdeckten. Das Schminken musste sie auf jeden Fall noch lernen. Sina hatte erschreckende Ähnlichkeit mit einem Papagei.
„Du Schwein! Was treibst du hier mit der Kleinen?“ Ingas schrille, lallende Stimme war nicht zu überhören.
„Ich repariere Sinas Rad“, versuchte ich sie zu beruhigen. Leider vergebens. Andere Camper kamen dazu.
„Ich kann diese Sau noch nicht einmal einen Moment alleine lassen“, ereiferte Inga sich weiter. Die Situation wurde immer peinlicher.
„Aber Onkel Heiner wollte doch nur meinen Reifen flicken“, versuchte Sina mir zu helfen.
„Du bist doch nur ein kleines Flittchen“, beschimpfte meine Frau das hilflose Mädchen. Das reichte nun endgültig. Bernd und Sabine, Sinas Eltern, versuchten Inga zu beruhigen.
Inga stampfte wütend davon. Ich entschuldigte mich bei allen Anwesenden für das Verhalten meiner Frau. Sina musste mit den Tränen kämpfen. Bernd nahm mir den Fahrradschlauch aus der Hand, um mein Werk zu vollenden.
„Achtung! Sie hat eine Waffe“, schrie plötzlich eine der anwesenden Frauen.
Inga kam tatsächlich zurück, in der Hand meine Luftpistole. Mit aufgerissenen Augen schaute ich in das entschlossene Gesicht meiner Frau und versuchte ruhig zu bleiben.
„Wenn du schießt, dann sind wir die meiste Zeit zusammen gewesen. Ich mache das nicht mehr mit“, drohte ich meiner Frau. Alle waren entsetzt, keiner traute sich einzuschreiten. Vielleicht auch, weil die meisten nicht wussten, dass es sich nur um eine Luftpistole handelte.
Inga hob die Pistole und zielte auf mich. Sie drückte tatsächlich ab. Ein Knall, dann ein Schmerz in meiner Bauchgegend. Ich schaute an mir herunter. In meinem Hemd war ein Loch.

Die anwesenden Frauen schrien, die Männer überwältigten meine Frau und nahmen ihr die Waffe ab.
„Ist dir etwas passiert?“ Bernd schaute mich besorgt an. Er wusste, dass es sich nur um eine Luftpistole gehandelt hatte.
„Tut weh, aber geht schon. Ich werde jetzt meine Sachen packen und fahren. Wir werden uns wohl nicht wiedersehen.“ Ohne Inga eines Blickes zu würdigen, ging ich zu unserem Wohnwagen, packte die nötigsten Sachen und verabschiedete mich. Inga wurde total hysterisch, kreischte, heulte und zitterte am ganzen Leib. Mit war das egal. In dem Moment, als der Schuss fiel, starb meine Liebe.

Heute sind wir geschieden. Inga bekam vom Gericht die Auflage, dass sie sich mir nicht nähern darf. Zu unserem Scheidungstermin war nur ihr Anwalt anwesend. Ich lebe in einer anderen Stadt, von meiner Familie höre ich oftmals, dass Inga mich immer noch sucht.
Ich habe vor dieser Frau große Angst. Wer weiß, wozu sie noch fähig ist.

Zimmerservice

Ein Mann aus Köln erzählt von seiner Nebentätigkeit als Ringrichter:

Endlich Wochenende! Wie sehr hatte ich mich in den letzten Wochen auf dieses verdammte Wochenende gefreut. Noch heute würde ich mit Sabine in den Flieger steigen und nach London fliegen. Anne, meine Frau, wusste natürlich nichts davon. Sie dachte, ich würde meine Mutter in München besuchen. Die beiden Frauen waren seit unserer Hochzeit äußerst verfeindet. So brauchte ich keine Angst zu haben, dass meine Lüge auffliegen könnte. Meine Mutter kannte meinen Plan natürlich. Schon immer war sie meine Verbündete.

Sabine war 26 Jahre jünger als ich, meine Sekretärin und äußerst attraktiv. Nicht selten wurde ich auf andere Kollegen eifersüchtig. Alle stierten ihr hinterher.
Meine Sekretärin war Single, in der Liebe kannte sie keine Grenzen. Auch wenn ich immer hoffte, der einzige Mann in ihrem Leben zu sein, so spürte ich jedes Mal, dass dies auf jeden Fall nicht so war. Es gab noch jede Menge Nebenbuhler, diese Tatsache verdrängte ich meistens mit Erfolg.
Nun war es so weit! Wir saßen wie ein frisch verliebtes Paar im Flieger. Sabine hatte eine Shoppingtour zur Bedingung gemacht, diesen Wunsch erfüllte ich ihr natürlich gerne. Schade, dass dabei nur wieder Zeit für die Liebe verloren gehen würde. Ich musste mich bis Samstagabend gedulden.
„Vom Londoner Nachtleben will ich auf jeden Fall auch noch etwas sehen“, quengelte Sabine ungezogen. Ich hatte

ihr schon einige Wünsche erfüllt, 2.800 Euro waren innerhalb weniger Stunden dabei drauf gegangen …
„Lass uns doch erst einmal eine verspätete Mittagsstunde machen“, bettelte ich sie an. Irgendwie hatte ich das Gefühl, dass sie sich vor mir ekelte und gar nicht mit mir schlafen wollte. Gerade dieses Gefühl machte mich allerdings auch ganz gewaltig an. Ich bedrängte sie mit Erfolg, kurze Zeit später lagen wir auf dem riesigen Bett und taten Dinge, auf die ich jetzt nicht näher eingehen möchte …
Unverhofft klopfte es zum ungünstigsten Zeitpunkt. Ich tat so, als ob ich nichts gehört hätte. Es klopfte wieder und wieder und wieder.
„Verdammt noch mal! Was ist denn?“ Ich war wie ein gereizter Stier. „Zimmerservice“, kam eine nicht definierbare Stimme zurück.
„Wir haben nichts bestellt“, keifte Sabine los. Anscheinend schien es sie auch zu stören, dass wir mitten im Akt unterbrochen wurden.
Es klopfte wieder und wieder.
„Na warte, jetzt geht es aber rund.“ Mit einem bedrohlichen Unterton in der Stimme sprang Sabine vom Bett. Ich blieb nackend liegen und starrte ihr hinterher. Sie ging zur Tür, öffnete sie nur einen Spalt und zischte: „Verschwinden Sie!“
Dann passierte etwas Schreckliches, es knallte und die Zimmertür flog auf. Irgendjemand stürzte sich auf Sabine, um sie zu verprügeln. In den ersten Sekunden war ich fassungslos, dann ging ich dazwischen.
Anne, meine Frau, war der vermeintliche Zimmerservice.
Man stelle sich das Bild vor: zwei Frauen, die sich prügelnd über den Boden wälzen, eine davon nackt. Ich dazwischen, ebenfalls nackt, schaffte es nicht, die beiden zu trennen. Ganz im Gegenteil, denn bei jeder Gelegenheit bekam

ich auch noch einen Tritt oder Schlag ab. Durch meine Hilfeschreie alarmiert, wurden die Kämpfenden schließlich vom Hotelpersonal getrennt.
Die Peinlichkeit war nicht zu überbieten. Sabine nackt, ich nackt, meine Ehefrau Anne und das Hotelpersonal. Als Erste fand Sabine ihre Fassung wieder und verschwand im Bad, Anne schaute mich mit einem Blick an, der nur nach dem WARUM fragte. Mir war nur noch schlecht. Wortlos drehte meine Frau sich um und verließ das Zimmer. Am liebsten hätte ich mich entschuldigt, hätte sie zurückgehalten. Das Hotelpersonal verließ höflich, aber kopfschüttelnd das Zimmer.

Durch Lesen meiner E-Mails war Anne mir auf die Schliche gekommen. Ich hatte alles übers Internet gebucht, auch zu Sabine unterhielt ich heimlich nach Feierabend regen Schreibverkehr. Nie hatte ich die Beweise gelöscht, ich hatte einen Code (mein Geburtsdatum) in meinen PC gesetzt, sodass kein Fremder meinen Computer nutzen konnte. Meine Frau war doch intelligent genug, um diesen Code zu knacken.
Als ich nach dem Vorfall in London nach Hause kam, herrschte eisiges Schweigen. Anne blieb bei mir und sprach nie wieder von diesem Vorfall. Sabine kündigte nur wenige Tage später. Heute bin ich immer noch auf dem Papier verheiratet. Nicht mehr und nicht weniger!

Neue Frisur?

Eine Friseurin aus Cuxhaven erzählt die folgende Geschichte:

Kai war das, was man einen Schönling nennt. Als Kunde kam er in unseren Salon. Er schien peinlichst auf sein Äußeres zu achten, wirkte äußerst gepflegt. Selten hatte ich bei einem Deutschen so lackschwarze Haare gesehen, sein Anzug musste ein Vermögen gekostet haben, von den Schuhen ganz zu schweigen. Nun saß er da und wartete. Ich beeilte mich, weil ich ihn bedienen wollte. Meinen Kolleginnen war das nicht entgangen. Auch sie beeilten sich zusehends, um diesen auffälligen Mann zu bedienen. Ich hatte Glück und war als Erste fertig. Ungeduldig schob ich meine Kundin zur Kasse. Meine Chefin bemerkte dies durchaus, und sie strafte mich mit einem tadelnden Blick.
Ich war froh, als dieser Traummann endlich vor mir saß und ich mit meinen Fingern durch seine wundervollen Haare fahren konnte. Doch er zuckte sofort und richtete sein Haar wieder. Meinen Kolleginnen war diese Geste nicht entgangen. Schmierig grinsten sie mich an.
„Was darf's denn sein?“ Im Spiegel sah ich, dass ich rot wurde. Auch das noch!
„Die Spitzen bitte, aber nicht zu viel. Ich bin ein anstrengender Kunde, aber wenn Sie mich zufrieden stellen, haben Sie einen neuen Stammgast.“
Ach du meine Güte! Hätte ich mir doch bloß Zeit gelassen, dann hätte eine meiner schadenfrohen Kolleginnen diesen Kunden bekommen. Jetzt schaute mich jeder im Salon erwartungsvoll an. Es nützte nichts, ich musste ans Werk.
Nach einer halben Stunde sah er zufrieden in den Spiegel.

„Ich würde sagen, sie haben einen neuen Stammkunden“, sagte er trocken beim Aufstehen. Meine Chefin nickte mir zufrieden zu. Gott sei Dank. Artig begleitete ich den Traummann zur Kasse.
Toller Traummann! Den werde ich jetzt alle 4 Wochen wiedersehen. So ein Typ hatte sicherlich irgendwo eine klasse Freundin sitzen. Ach, wahrscheinlich hatte er sogar mehrere Freundinnen …
„Darf ich Sie heute Abend zum Essen einladen?“ Ein Raunen ging durch den Salon und ich wurde feuerrot. Ohne lange zu überlegen, sagte ich zu.
„Wenn das mal kein Fehler war. Sabine, Sie wissen doch ganz genau, dass Kunden immer Kunden bleiben sollten.“ Meine Chefin schaute mich wütend an. Mir war das egal.
Der Abend wurde traumhaft schön. Noch nie war ich von einem Mann so aufmerksam behandelt worden. Ich fühlte mich wie eine Prinzessin. Als er mich nachts vor der Haustür absetzte, küsste er mich auf den Mund. Mehr nicht! Natürlich hatten wir unsere Handynummern ausgetauscht, und ich war mir sicher, wieder von ihm zu hören.
Einige Tage später war es so weit und Kai rief an. Wieder verabredeten wir uns für den Abend und Kai führte mich in ein absolutes Luxushotel. In meinem Beruf hätte ich niemanden hierher einladen können. Als ich die Preise sah, wurde mir ganz anders. Wir saßen im Restaurant und verbrachten einen wundervollen Abend. Das Tollste war die Tatsache, dass Kai Single war.
„Was hältst du davon, wenn wir die Nacht hier verbringen?“ Aufmerksam schaute er mich an. Mir wurde mulmig zumute. Ich hatte mich längst in ihn verliebt, wollte auch unbedingt mit ihm schlafen, aber nicht so schnell.
„Ja.“ Das Wort kam mir mit einer Leichtigkeit über die Lippen, für die ich mich hätte ohrfeigen können.

Na ja, ich will jetzt keine Einzelheiten erzählen, aber ich erlebte eine Nacht wie nie zuvor. Immer wieder liebten wir uns.
Im Morgengrauen küsste Kai mich sanft wach. Die Realität hatte uns zurück.
„Was machen wir heute Abend? Möchtest du mal zu mir kommen?“ Ich zog mich an und schaute zu ihm hinüber. Schlagartig änderte sich seine gute Laune.
„Du! So schon gar nicht. Wenn ich dich wieder sehen möchte, dann melde ich mich.“ Gereizt sah er mich an. Ich war starr vor Schreck. Wortlos setzte er mich vor meiner Haustür ab.
Den ganzen Tag über lief alles schief, was nur schief laufen konnte. In Gedanken war ich nur bei Kai.
In den nächsten zwei Wochen meldete er sich gar nicht, vor lauter Kummer nahm ich fast vier Kilo ab. Ich fing an, die Nacht zu bereuen, wollte ihn allerdings auf gar keinen Fall anrufen. Schließlich hatte ich auch meinen Stolz.
Dann saß Kai plötzlich wieder in unserem Salon. So, als ob nichts gewesen wäre. Ich musste mir alle Mühe geben, um cool zu bleiben. Am liebsten hätte ich ihn angeschrien, aber was hätte das genützt? Als ich Kai zur Kasse begleitete, kam die Frage, vor der ich am meisten Angst hatte.
„Was machst Du heute Abend? Wollen wir wieder Essen gehen?“ Mit einem verschmitzten Lachen schaute er mich an.
Mein Verstand schrie in mir NEIN, NEIN, NEIN, doch meine Lippen brachten ein freudiges JA hervor.
Kurzerhand verabredeten wir uns und es kam wieder so, wie es kommen musste. Wieder verbrachten wir eine traumhafte Nacht in einem Hotel, doch diesmal schwieg ich am nächsten Morgen.
Mit den Worten „Bis demnächst!“ verabschiedete er sich

von mir und verschwand. Wieder vergingen vier Wochen, in denen ich nichts von ihm hörte. Mir ging es hundeelend, ich fühlte mich benutzt. Meine Chefin und die Kolleginnen machten sich sogar Sorgen um mich. Ich nahm alles teilnahmslos hin, weitere Kilos purzelten.

„Wenn du so weitermachst, dann siehst du bald wie ein Klappergerüst aus.“ Diesen Satz bekam ich immer häufiger zu hören. Ich hoffte nur, dass Kai bald wieder in den Laden käme, dass wir wieder einen tollen Abend verbringen würden und dass er sich endlich in mich verlieben würde. Meine Fantasie spielte immer häufiger verrückt. Mein alter Arzt, der mich schon von Kindesbeinen an kannte, verschrieb mir sogar Antidepressiva. Ich hatte ihn aufgesucht, weil ich nachts nicht mehr zur Ruhe kommen konnte. Wenn ich für einen kurzen Moment schlief, knirschte ich dermaßen mit den Zähnen, dass einige mittlerweile schon locker waren. Kurzum – ich sah aus wie der Tod auf Stelzen.

Dann saß er plötzlich wieder grinsend vor mir. Im Spiegel musterte er mich durchgehend. Gleichgültig legte ich ihm den Friseurumhang um und machte mich ans Werk.

„Irgendwie siehst du krank aus, Biene“, stellte er sachlich fest.

„Ach, mir geht es ganz gut“, log ich ihn an. Ich musste mit den Tränen kämpfen. Ganz fest nahm ich mir vor, ihm heute einen Korb zu geben, falls er sich mit mir verabreden wollte.

„Wollen wir heute Abend etwas Tolles unternehmen?“ Mit zweideutigem Blick sah er mich an.

„Ja“, kam es über meine Lippen. Scheiße, ich hätte Nein sagen sollen. Eine Frau, die immer für einen Mann bereitsteht, ist doch nicht interessant! Verdammt noch mal. Aber ich wollte auch nicht das Risiko eingehen, ihn erst in vier Wochen wieder zu sehen.

Dieses Hin und Her ging einige Monate. Ich schluckte immer mehr Tabletten, wurde sogar abhängig. Kleidergröße 34 schlackerte um meinen abgemagerten Körper, einige Zähne wackelten, weil ich die ganze Nacht knirschte. Eines Tages entdeckte ich, dass mir die Haare ausgingen. Für mich als Friseurin war das mehr als schrecklich.
Kai kam alle paar Wochen, benutzte mich, machte mittlerweile sogar herabwürdigende Bemerkungen über mein Äußeres. Er war ein Mann, der sehr viel Wert auf eine gepflegte, makellose Erscheinung legte. Mir ging es von Woche zu Woche schlechter. Ich dachte sogar über Selbstmord nach, in mir wuchs der Wunsch zu sterben immer mehr.

„Ich habe deinen Stammkunden mit einer Frau gesehen. Scheint eine ziemlich reiche Tussi gewesen zu sein“, erzählte mir eine Kollegin eines Tages ganz nebenbei. Ich horchte auf. Stammkunde? Reiche Tussi?
„Wen hast du gesehen?“
„Na, diesen Traum von einem Mann. Der Kunde, der sich die Haare immer nur von dir schneiden lässt. Du weißt schon – der mit dem schwarzen Haar, der hat dich doch auch schon eingeladen. Also die Tussi schien seine Frau zu sein – jedenfalls machten sie den Eindruck. Ich habe die beiden eine ganze Weile beobachtet, sie haben mich nicht bemerkt. An deiner Stelle würde ich nicht mehr mit ihm ausgehen. Der nutzt …“
Ohne Vorwarnung kippte ich um, erst Stunden später wachte ich im Krankenhaus wieder auf.
„Sie kommt zu sich.“ Ein fremdes Gesicht schaute mich freundlich an. Ich brauchte einige Zeit, um mich zu orientieren.
Trotz mahnender Worte der Ärzte verließ ich gegen Abend die Klinik auf eigenen Wunsch. Schließlich konnte Kai

jeden Tag in den Salon kommen. Wer sollte ihm die Haare schneiden, wenn ich nicht da war? Langsam kamen die Erinnerungen wieder in mir hoch. Reiche Tussi?! Er hatte mich belogen, er hatte eine Freundin oder Frau. Es war unglaublich, wie konnte ich nur so naiv sein. Einige Male schlug ich mir schluchzend mit den Fäusten gegen den Kopf. Ich konnte noch nicht einmal mehr Schmerz spüren, ich war taub. Meine Wut wuchs unermesslich, und mit Rachegefühlen im Kopf ging ich auf dem Weg nach Hause in eine Drogerie und kaufte Enthaarungscreme.

Wenige Tage später betrat Kai unseren Laden bestens gelaunt. Mit dunklen Ringen unter den Augen sah ich ihn verschämt an. Ich hatte den Antrieb verloren, hatte keine Lust mehr, mich schön zu machen. Für wen auch?
„Du siehst wie eine Drogensüchtige aus", wisperte er mir zu.
„Vielleicht sollte unsere Patrizia ihnen heute mal die Haare schneiden." Meine Chefin versuchte tatsächlich, mir meinen Kai wegzunehmen. Heute weiß ich, dass sie es nur gut gemeint hatte. „Ich mach das schon." Entschlossen wies ich Kai einen Platz zu.
„Wir haben eine ganz besondere Kurpackung neu im Programm. Das wäre genau das Richtige für deine wundervollen Haare."
Kai nickte und ich ging ans Werk. Genüsslich trug ich ihm die Enthaarungscreme auf und wickelte Folie um seinen Kopf. Danach legte ich ihm ein Handtuch um. Meine Kolleginnen hätten die neue Kur wahrscheinlich schon am Geruch erkannt.
„Du hast doch eine Freundin?", fragte ich ihn leise.
„Ich habe eine Frau. Du – wir beide hatten eine schöne Zeit, aber du hast dich so verändert. Bist gar nicht mehr mein

Typ. Wir könnten ja Freunde bleiben", schlug Kai eiligst vor. Er war wirklich oberflächlich.
„Kein Problem." Ich blieb cool. Alles ging nur noch mechanisch. Nach etwas mehr als zehn Minuten kam dann die Überraschung. Ich nahm das Handtuch ab, die Folie – und seine Haare. Sein Schrei ging mir durch Mark und Bein. Den werde ich nie vergessen. Kai prügelte wie ein Besessener auf mich ein. Kolleginnen und Kunden hatten Mühe, ihn von mir fern zu halten. Ohne Haare hatte er seinen ganzen Charme verloren. Er wirkte abstoßend.
An diesem Tag verlor ich meinen Job, nach einem weiteren Zusammenbruch musste ich mich einer längeren Behandlung in einer Nervenklinik unterziehen. Mir geht es heute nicht gut, aber ich glaube, dass ich auch wieder bessere Zeiten erleben werde.

Hoffentlich kommt Land mit …

Eine Frau aus einer westfälischen Großstadt erzählt folgende Geschichte:

Seit 23 Jahren war ich mit Karl verheiratet. Trotzdem konnte ich mich nicht an seine Liebschaften gewöhnen. Unzählige Weiber hatte ich mittlerweile in die Flucht geschlagen, doch immer kamen andere aus irgendwelchen Rattenlöchern gekrochen. Karl war nicht einmal besonders attraktiv. Sein Bauch war nicht zu übersehen und die Haare wurden zusehends weniger, nicht selten glühte sein feistes Gesicht rot, was wohl seinem Alkoholkonsum zuzuschreiben war. Ich liebte diesen Mann schon lange nicht mehr, verachtete ihn sogar. Allerdings konnte ich nicht zulassen, dass er mich in der Öffentlichkeit mit seinen Liebschaften bloßstellte. Ich hatte meinen Stolz und war der Meinung, dass die meisten Weiber, mit denen Karl mich betrog, mir ohnehin nicht das Wasser reichen konnten – weder äußerlich noch von der Intelligenz her.
Eines Tages bemerkte ich wieder einmal, dass irgendetwas nicht stimmte. Karl duschte plötzlich zweimal am Tag und ging fast jeden Abend alleine aus. Mit seiner Sekretärin hatte ich mich längst heimlich angefreundet, somit war ich immer auf dem Laufenden. Rita rief mich sofort an, wenn sie nur den leisesten Verdacht hatte. Karl hatte unser Bündnis nie bemerkt.
„Ich glaube, der hat etwas mit unserer Neuen“, flüsterte Rita eines Tages verschwörerisch ins Telefon. Ich erstarrte am anderen Ende. Die Neue! Anfang 20, Single und äußerst attraktiv. Das musste ich auf jeden Fall im Auge behalten. Wie konnte so eine Frau sich auf Karl einlassen?

Karl hatte ein schlechtes Benehmen, schmatzte am Tisch, rülpste ungeniert, und wenn er Blähungen hatte, ließ er diese auch einfach sausen. Was seine Mitmenschen über ihn dachten, war ihm egal. Er, der große Geschäftsmann, hatte es schließlich geschafft. Was interessierte ihn die Meinung seiner Mitmenschen. Dass so eine junge Frau sich mit einem unansehnlichen Tattergreis abgab, konnte nur finanzielle Gründe haben. Leider hatte ich keinen Zugang zu Karls Konten, somit hatte ich keinen Überblick. Er überwies mir jeden Monat eine größere Summe an Haushaltsgeld.
Beschweren konnte ich mich nicht, trotzdem war sein Geld auch mein Geld, und diese Neue sollte nichts davon abbekommen. Ich sah die Frau als ernsthafte Konkurrenz.
Eines Tages – wir saßen am Frühstückstisch – ließ Karl wieder einmal ungeniert seine Winde sausen. Über dieses abartige, laute Furzgeräusch lachte er sich lauthals kaputt. Wütend starrte ich ihn an. Das war nicht mehr der Mann, den ich kennen gelernt hatte. Er hatte sich immer weiter zurückentwickelt und nicht vor. Sein Benehmen kam dem eines Steinzeitmenschen nahe.
„Nun guck nicht so blöde, ich bin dein Mann. So einen kleinen Pups wirst du ja wohl noch ertragen können. Hast doch sonst nichts auszustehen!?“, lachte er mich aus.
Mit wurde schlecht, ein gasiger Geruch zog unterm Frühstückstisch hoch. Voller Wut knallte ich mein Messer auf den Teller, stand auf und verließ den Raum. Karls Gelächter klang mir noch minutenlang in den Ohren. Ich ging ins Bad und suchte im Medizinschrank nach einem Mittel gegen Sodbrennen, da sah ich sie – die Abführtropfen meiner Mutter. Bei ihrem letzten Besuch hatte sie die fast volle Flasche bei uns vergessen. Ein starkes Mittel, das sie nur von ihrem Arzt verschrieben bekam. Ein Gedanke ließ mich nicht mehr los. Wie es wohl wäre, wenn ich Karl die-

se Tropfen in Zukunft überall mit reinmischen würde? Ich probierte einen Tropfen, er war fast geschmacklos. Perfekt! Jetzt würde ich endlich Rache nehmen.
In den nächsten Tagen gab ich ihm mit schöner Regelmäßigkeit die Tropfen, die Wirkung ließ nicht lange auf sich warten.
„Ich hab so eine Scheißerei." Dieser primitive Satz kam ihm laufend über die Lippen. Ich hörte einfach weg. Mir war das egal. Rita, seine Sekretärin, hatte ich natürlich eingeweiht. Nach anfänglicher Angst führte sie sogar heimlich eine Strichliste, wie oft er zur Toilette ging. Die Dosis des Mittels erhöhte ich in schöner Regelmäßigkeit.
Dann kam eines Tages der Anruf des Schreckens.
„Du musst sofort damit aufhören. Der Chef hat sich heute in die Hose gemacht, es ist Land mitgekommen. Das war vielleicht peinlich! Er saß in einem Meeting mit einigen Mitarbeitern und dachte wohl, er hätte nur Blähungen. Wie immer wollte er sie ohne Rücksicht ablassen, nur diesmal kam Land. Das ganze Büro stinkt, wir wissen nicht, wo er jetzt ist." Rita war außer Rand und Band.
Ich musste lauthals lachen, wie schon seit Ewigkeiten nicht mehr. Mir liefen die Tränen, das hatte er verdient.
Die Abführtropfen setzte ich wieder ab. Das Risiko, dass er zum Arzt gehen könnte, wurde zu hoch.
Von anderen Frauen konnte ich ihn mit dieser Aktion nicht abhalten, trotzdem war mein Tun ein bisschen Balsam für meine Seele.
Heute sind wir immer noch verheiratet, Karl geht immer noch fremd, ich habe mittlerweile auch heimlich einen Geliebten. Die Situation ist einigermaßen erträglich.

Gute Reise …

Eine Hamburgerin erzählt:

Holger war mir nie treu, er passte noch nicht einmal auf, wenn er mich betrog. Einmal holte er sich sogar eine meldepflichtige Geschlechtskrankheit und steckte mich auch an. Komischerweise waren zwei meiner Freundinnen auch betroffen. Durch diese Krankheit kam heraus, dass er die beiden auch noch begattete.

Wir waren einige Jahre verheiratet, hatten zwei Kinder, doch ich erlebte nur selten schöne Zeiten mit Holger, eher war die Ehe mit ihm die Hölle. Er war cholerisch, schlug mich und war sehr unberechenbar. Oftmals schwieg ich einfach, um keinen Streit zu provozieren. Unsere Kinder litten unter seinen Ausbrüchen, doch mir fehlte die Kraft, mich von ihm zu trennen.
Nach außen hin spielte ich immer die glückliche Ehefrau eines Geschäftsmannes. Holger legte großen Wert darauf, dass all unser Luxus nach außen gekehrt wurde. Pah, als wenn Luxus alles wäre!
Oftmals beneideten die Leute mich um meinen Mann, alle sahen mich als Königin. Wenn sie doch nur gewusst hätten, wie es in mir aussah. Mir ging es sehr schlecht, ich magerte immer mehr ab. Holger störte das nicht im Geringsten, zumal er auf dünne Frauen stand. Wegen seiner zahlreichen Affären war mein Mann in unserem Bekanntenkreis Dauergesprächsthema.
Dann kam der Tag, an dem er mal wieder alleine in den Urlaub wollte. Malediven sei nichts für Kinder, meinte er. Darum musste ich mit den Kindern zu Hause bleiben.

„Ist dir ein Urlaub, so ganz allein, nicht zu langweilig?“, fragte ich ihn unsicher.
„Ich bin ganz froh, wenn ich deine jämmerliche Fratze mal nicht sehen muss“, kam es prompt zurück.
Mein Magen krampfte sich zusammen. Obwohl ich diese Art von Behandlung längst gewohnt war, konnte ich es immer noch nicht verkraften. Doch etwas hatte sich geändert. Holger hatte in seinem Begattungswahn nicht bemerkt, dass auch ich mir einen Liebhaber zugelegt hatte. Erik war ein sehr liebenswürdiger Mann. In Holgers Augen wäre er ein Nichts gewesen, schließlich war er nur ein kleiner Feldwebel bei der Bundeswehr. Mir gab er sehr viel Kraft. Mit Erik konnte ich über alles reden, musste nie Angst haben, dass er mich schlägt. Erik gab mir auch die Kraft, zum Anwalt zu gehen und die Scheidung einzureichen. Das anwaltliche Schreiben an Holger fing ich aber morgens heimlich beim Postboten ab. Ich bekam es schon wieder mit der Angst zu tun.
Der Urlaub nahte, und einen Abend vor dem Abflug packte ich Holger den Koffer. Das Telefon klingelte. In der Annahme, dass Holger anrufen würde, um mir mal wieder irgendwelche Befehle zu erteilen, nahm ich den Hörer ab. Eine verstellte Stimme meldete sich.
„Ihr Mann betrügt Sie! Er fliegt mit Annekatrin S. auf die Malediven“, teilte mir die männliche Stimme kurzerhand mit. Bevor ich etwas sagen konnte, wurde aufgelegt. Mein Herz klopfte mir fast bis zum Halse. Wenn er mich schon betrog, dann sollte er es wenigstens nicht so öffentlich machen. Gesellschaftlich hatte ich durch ihn schon lange mein Gesicht verloren. Wut stieg in mir hoch. Ich nahm Holgers Koffer und packte alles wieder aus. Ich verstaute die Sachen unter dem Bett, dann nahm ich Bettwäsche und Handtücher. Den ganzen Koffer packte ich mit dem Zeug

voll, zum Schluss legte ich den Brief vom Rechtsanwalt obendrauf. Er sollte seinen Urlaub im wahrsten Sinne des Wortes genießen. Eine Trösterin hatte er ja ohnehin dabei.
Um diese leidige Geschichte zum Abschluss zu bringen: Holger flog mit einem Koffer Bettwäsche und Handtüchern sowie dem anwaltlichen Schreiben auf die Malediven. Den Urlaub brach er allerdings früher ab. Ich zog am Tag seiner Abreise aus unserem Haus aus. Erik hatte uns heimlich eine Wohnung besorgt. In den nachfolgenden zwei Jahren hatte ich oftmals Ärger mit Holger, manches Mal hatte ich Todesangst, weil ich befürchtete, dass er den Kindern und mir etwas antun würde.
Die Partnerschaft mit Erik hat nicht gehalten, aber wir sind heute gute Freunde. Er hat sehr viel für mich und meine Kinder getan.

Der hat Käsefüße …

Die folgende Geschichte erzählte eine Frau aus München:

Wir waren noch ziemlich jung, etwa Anfang zwanzig. Meine Freundin Susi und ich hatten uns Hals über Kopf in zwei Typen verliebt, die ebenfalls eng miteinander befreundet waren. Unserer Meinung nach musste das einfach passen. Ich hatte mich in Bernd verliebt und Susi sich in Sven. Wir sahen die Welt nur noch durch die rosarote Brille und waren ein tolles Vierergespann. So manches Mal bemerkten wir jedoch unterschwellig, dass die Männer es doch nicht so ernst mit uns meinten. Oft schauten sie auch noch anderen Hühnern hinterher. Eines Tages war es dann so weit. Sven brachte uns zurück auf den Boden der Tatsachen.

„Wir sind alle noch sehr jung, und fest binden wollen wir uns noch nicht. Mit euch haben wir eine Menge Spaß, aber wir wollen auch mal etwas alleine unternehmen, uns auch mal mit anderen Frauen treffen“, klärte er uns völlig cool auf.

Mir gefror das Blut in den Adern. Hilflos schaute ich meinen Bernd an. An seinem Blick konnte ich erkennen, dass er auf Svens Seite war.

„Kein Problem.“ Als Erste hatte ich mich wieder unter Kontrolle, während Susi noch mit den Tränen kämpfte. Ich stupste sie an und warf ihr einen warnenden Blick zu. Jetzt bloß nicht heulen, wollte ich ihr damit sagen. Sie schien mich zu verstehen und riss sich zusammen.

„Wollt ihr euch gar nicht mehr mit uns treffen?“ Ich bemühte mich, die beiden richtig zu verstehen.

„Klar können wir uns **mal** treffen. Aber es muss ja nicht jeden Tag sein, oder?“ Bernd kam seinem Freund zu Hilfe.

Sven nickte bestätigend. Jetzt war es raus. So ernst, wie wir die Beziehung genommen hatten, war sie gar nicht. Genau genommen war es noch nicht einmal eine Beziehung, es war nur eine Bekanntschaft. Scheiße, wir fühlten uns total saumäßig.
Wir traten den Rückzug an, um in Ruhe unsere Wunden zu lecken. In Susis Wohnung überlegten wir gemeinsam, wie wir nun vorgehen könnten.
„Bernd und Sven wollen heute Abend beim Chinamann essen", schoss es plötzlich Susi ein. Sie hatte ein Gespräch mitbekommen.
„Dann sollten wir auch hin", schlug ich vor.
„Hinterherfahren ist blöde", maulte meine Freundin.
„Wenn wir uns richtig verkleiden, ist es nicht blöde", erwiderte ich. In meinem Kopf war längst ein Plan herangereift.
Die nächsten Stunden verbrachten wir damit, uns zu verkleiden. Als wir endlich fertig waren, sahen wir tatsächlich wie Männer aus. Das war einfach perfekt! Wir machten uns zum Chinamann auf. Als wir hereinkamen, war von Sven und Bernd noch nichts zu sehen. Wir setzten uns an einen freien Tisch. Mit unserer Verkleidung fielen wir gar nicht auf, also musste sie richtig gut sein.
Dann ging plötzlich die Tür auf, Sven und Bernd kamen herein. In ihrer Begleitung zwei junge Mädchen. Wir hätten kotzen können, aber jetzt waren wir so weit gegangen, wir durften nicht die Nerven verlieren. Die Männer setzten sich mit ihren Begleiterinnen direkt an den Tisch neben uns. Auch das noch!
Unsere Suppe kam und während wir sie löffelten, fiel mein angeklebter Schnurrbart ab. Gott sei Dank wurde es vom Nachbartisch nicht bemerkt. Heimlich konnten wir das Gespräch mit anhören. Unglaublich, die beiden erzählten

den Mädels die gleichen Sachen, mit denen sie uns herumgekriegt hatten. Bernd und Sven gingen sogar zusammen zur Toilette. Genau wie damals, als sie mit Susi und mir essen waren. Wahrscheinlich stimmten sie dort ab, wer welche nehmen würde. Ihre Masche war gar nicht so schlecht. Susi und ich platzten fast vor Eifersucht.
„Du, eine von Bernds vielen Freundinnen hat mir erzählt, dass er tierische Käsefüße hat“, rief ich den Mädchen hinüber.
„Merkt ihr dummen Gänse denn gar nicht, dass die beiden euch nur flachlegen wollen?“ Nun wurde Susi endlich aktiv.
„Sven soll sich doch vor kurzem einen Tripper eingefangen haben“, legte ich nach.
„Kein Wunder, die wechseln die Weiber ja auch am laufenden Band“, Susi kam in Form.
„Seit ihr etwa auch leicht zu haben?“ Fragend schaute ich die Mädchen an. Eiligst nahmen sie ihre Sachen und verschwanden. Das wurde auch Zeit, denn von den Toiletten her konnte man schon Bernds hämisches Lachen hören.
Fette Beute, hieß dieses fiese Lachen. So weit kannte ich ihn mittlerweile.
Ratlos schauten die beiden uns an, als sie den leeren Tisch sahen. Obwohl sie uns direkt ansahen, erkannten sie uns nicht. Dann mussten wir losprusten. Lauthals lachten wir die Männer aus.
Den Abend verbrachten wir noch in lustiger Runde gemeinsam. Doch eine feste Beziehung wurde nie daraus.

Die kleinen Rachen …

In einer feuchtfröhlichen Runde saßen wir mit einigen Frauen abends in einem Lokal. Durch meine Anwesenheit kam plötzlich mein Buchprojekt auf den Tisch, und jede der Anwesenden wusste etwas zu erzählen.

Viele Eifersuchtsgeschichten wiederholen sich, daher hier einige Beispiele:

Eine 59-jährige Frau erzählt:
In Wirklichkeit habe ich den langweiligsten Mann der Welt. Bei uns passiert einfach nichts, aber auch gar nichts. Noch nicht einmal streiten kann ich mit ihm, weil er einfach eine Runde spazieren geht, wenn es ihm zu bunt wird. Wenn wir mal ausgehen, suche ich anschließend immer einen Grund zu streiten. Ich unterstelle ihm einfach Liebschaften. Sobald er nur in die Richtung einer anderen Frau schaut, mache ich ihm eine saftige Szene. Anschließend traktiere ich ihn tagelang! Meine Eifersucht ist allerdings nur gespielt. Als Höhepunkt habe ich schon einige Male seine dritten Zähne versteckt. Er rennt dann tagelang ohne Zähne herum und traut sich gar nicht aus dem Haus.

Diese kleine Geschichte sorgte für einige Unruhe in unserem schönen Kreis. Schließlich war der arme Kerl kein Fremdgeher. Hatte er so eine demütigende Behandlung verdient? Nur weil er ein Langweiler war? Ganz bestimmt nicht!

„Der hat das Ganze ja gar nicht verdient“, stellte eine 31-jährige Frau erbost fest. Dann erzählte sie ihre Geschichte:

Mein Typ hat mich immer betrogen. Wir waren einige Jahre zusammen, aber ich war selbst Schuld, denn ich hatte immer nach Entschuldigungen für sein Verhalten gesucht. Er brauchte sich noch nicht einmal zu erklären, wenn mal wieder eine von seinen kleinen Affären aufflog.
Eines Tages verließ ich ihn, in der Hoffnung, dass er nun mal um mich kämpfen und merken würde, was er verloren hatte. Pustekuchen! Glücklich zog er in seine neu errungene Freiheit. Ich sah und hörte nichts mehr von ihm. Das war es dann wohl! Nach und nach wurde mir bewusst, was ich für eine blöde Kuh war. Ich wurde auf meine Nachfolgerinnen sehr eifersüchtig. Zeitweise dachte ich, dass ich den Verstand verlieren würde.
Da ich immer kostenlos fleißig in seinem Geschäft mitgearbeitet hatte, wusste ich viele interne Dinge, die sonst kein Mensch wissen durfte. Vor allen Dingen durfte das Finanzamt nichts von seinen vielen Schweinereien wissen. Eines Tages habe ich es dann getan! Ich habe einfach beim Finanzamt angerufen und ihn wegen Steuerhinterziehung angezeigt. Sogar meinen richtigen Namen habe ich genannt! Mir war alles egal. Das Finanzamt hat allerdings nichts gemacht. Nach einigen Wochen rief ich wieder dort an, und wieder geschah nichts. Mit platzte fast der Kragen! Erneut meldete ich mich nach einer längeren Wartezeit. Diesmal schimpfte ich wütend ins Telefon.
„Sie sind doch garantiert eine eifersüchtige oder enttäuschte Frau“, moserte der Beamte am anderen Ende mich an. Ich wurde verlegen, darüber hatte ich noch gar nicht richtig nachgedacht. „Wie kommen Sie denn auf so einen Bolzen!“, keifte ich in den Hörer.
„Ganz einfach! Wir bekommen bestimmt 25 Anrufe am Tag. Immer geht es um eifersüchtige, verlassene Frauen, die ihren Mann anzeigen wollen!“

Mir wurde diese Tatsache ganz peinlich. Na ja, jedenfalls ist die Steuerfahndung nach meinem letzten Anruf ausgerückt. Sein Geschäft ist jetzt dicht, und er fährt nur noch eine alte Schrottkiste. Weiber sind auch nicht mehr hinter ihm her. Er hat ja auch nichts mehr zu bieten.

Eine Diskussion brach an, es bildeten sich zwei Lager. Die einen meinten, dass es richtig sei, was die Erzählerin gemacht hatte, die anderen fanden dieses Tun völlig verwerflich, zumal sie dem armen Mann die Existenz genommen hatte.

„Ich mache alles nur über die Kinder", rief plötzlich eine der Anwesenden in die Runde:
Seitdem Erich eine andere Frau hat, darf er seine Kinder nicht mehr sehen. Ich lasse mir alles Mögliche einfallen, gehe zum Jugendamt, zu Psychologen, Ärzten usw. Jeder soll sehen, dass Erich unseren Kindern nicht gut tut. Der wird noch spüren, dass er alles, aber auch wirklich alles verloren hat. Ich mache ihn einfach nur schlecht. Auch vor den Kindern …

Die Erzählerin kam nicht mehr zum Ende, eine Welle der Empörung brach los. Aus den beiden Lagern wurde wieder eine Gemeinschaft, alle Frauen ärgerten sich über das Verhalten der Erzählerin. Einige versuchten, sie davon zu überzeugen, dass dieses Verhalten nicht richtig sei, andere boten ihr Hilfe an, um ihre Aggression in den Griff zu bekommen. Was aus dieser Geschichte geworden ist, kann ich leider nicht sagen, ich hoffe nur, dass die Kinder keinen Knacks mitbekommen.

Eine andere Frau schaltete sich in unser Gespräch ein.

Als mein Mann eine Geliebte hatte, brach für mich keine Welt zusammen. Ganz im Gegenteil, jetzt hatte ich einen Freischein. Ich beschloss, ihm ganz einfach die Geschichte mit gleicher Münze heimzuzahlen. Tatsächlich war ich überhaupt nicht eifersüchtig. Meine einzige Sorge war nur, was andere von mir denken würden. Ich wollte nicht, dass ich als dumme Kuh dastehe. Deshalb habe ich mich auch an ihm gerächt. Ich habe seinen Freund verführt!

Einige der anwesenden Frauen gackerten laut, andere hielten sich verschämt zurück.

Sein Freund Peter war ebenfalls verheiratet. Für mich war diese Tatsache sehr wichtig, weil ich nicht wollte, dass er mit unserem One-Night-Stand hausieren geht. Aufgrund der vorhandenen Ehefrau konnte ich mir sicher sein, dass er die Schnauze halten würde. Eines Abends war mein Mann mal wieder nicht zu Hause. Ich wusste genau, wo er war, aber das war ja egal. Peter hatte zuvor oftmals mit mir geflirtet, ich rief ihn einfach an und bat ihn um Hilfe, weil mein Abfluss in der Küche verstopft sei. Vorher hatte ich Teeblätter gekocht und allesamt hineingeschüttet. Mit einer Rohrzange bewaffnet, rückte Peter an und kümmerte sich sofort um den Abfluss. Diesmal war er ganz anders, er benahm sich sehr zurückhaltend. Er schien zu ahnen, was ich vorhatte. Im Bademantel empfing ich ihn. Ich hatte frisch geduscht und mich mit meinem Lieblingsparfüm eingedieselt. „Hier stinkt es ja wie im Puff", war sein knapper Kommentar. „Du musst dein Teesieb nicht im Waschbecken sauber machen", meckerte er herum. Mir klopfte das Herz bis zum Halse, schließlich wollte ich ihn verführen, und die Sterne dafür standen überhaupt nicht gut. „Riech doch mal richtig", forderte ich ihn auf, als er direkt vor mir stand.

„Ist nicht mein Fall“, war seine abweisende Antwort. „Ist denn das dein Fall?“ Ich nahm seine Hand und schob sie unter meinen Bademantel. Jetzt ging alles ganz schnell. Wir liebten uns auf dem Küchentisch. Das hatte schon etwas Animalisches, er war wie ein Verrückter. Mein Mann hatte mich in letzter Zeit überhaupt nicht mehr angefasst, ich ging ab wie eine Rakete. Mittendrin erstarrte Peter plötzlich und schaute entsetzt zur Tür. Dort stand mein Mann und glotzte uns mit riesigen Augen an. Ihr könnt euch vorstellen, was los war. Peter bekam gerade noch die Hose hoch, da setzte es auch schon Prügel. So tobend hatte ich meinen Mann noch nie erlebt. Peter wehrte sich kaum.
Ich bin komischerweise ganz cool geblieben. Als er schnaubend vor mir stand, sagte ich nur: „Wie du mir, so ich dir …“ Seit diesem Tag behandelt er mich nur noch verächtlich. Sobald ich finanziell die Möglichkeit habe, verlasse ich ihn.

Nach dieser unglaublichen Geschichte brach ein Tumult los. Die älteren Frauen empfanden diese Tat als Hurerei, die jüngeren schlugen sich auf die Seite der Erzählerin. Der Wirt des Lokals hatte unser Gespräch mit angehört. „Wenn ich euch so reden höre, dann werde ich lieber schwul“, war sein trockener Kommentar.

Schnäppchenjäger aufgepasst!

Als eine Leserin der Zeitschrift „Mach mal Pause“ mich anrief, war ich sehr erstaunt. Ihre Wut auf den Ex war so groß, dass sie sich die Mühe gemacht hatte, meine Telefonnummer herauszufinden.

Günther war ein absolutes Schwein. Bei seinen Mitarbeitern war er sehr unbeliebt, und unseren Freundeskreis hatten wir nur, weil er viele Kontakte und Macht hatte. Unsere vielen Ehejahre hindurch hatte er laufend andere Frauen. Doch die merkten immer schnell, dass er ein geiziges Miststück war. Immer nur auf das eigene Vergnügen bedacht. Er hatte wirklich viele Feinde. Unser Sohn Jan war mittlerweile erwachsen und fragte mich oft, wie ich das nur ertragen könne. Ich wusste es selbst nicht. Mein Elternhaus war wunderschön gewesen. Meine Eltern hielten zusammen, niemals hatte mein Vater einer anderen Frau hinterhergestiert. Ich war der Meinung, dass ich alles tun musste, um den Anschein einer gesunden Familie zu wahren.
Jan war schwul, und Günther schämte sich dafür. In seinen Augen war er krank und ich war sowieso an allem Schuld, weil ich Jan als Kind zu sehr verhätschelt hätte. Oft ließ Günther seine Wut deswegen an mir aus. Das Einzige, was uns erspart blieb, war körperliche Gewalt, wobei die seelischen Quälereien auch nicht ohne waren. Am Anfang unserer Ehe weinte ich viel. Meinen Eltern wollte ich diese Demütigungen nicht gestehen, zu sehr schämte ich mich für meinen Mann. Die Tatsache, dass Jan auch noch schwul war, machte mir das Leben nicht gerade leichter.
Das Einzige, was Günther wirklich respektvoll behandelte, war seine Luxusuhr. Sie wurde mit einem Wattestäbchen

geputzt, stolz zeigte er sie oftmals herum. Jan und ich waren für ihn gar nicht vorhanden. Diese Uhr war sein Ein und Alles. Er trug sie nur selten zu besonderen Anlässen.
„Ich habe da eine ganz tolle Frau kennen gelernt und werde dich verlassen“, eröffnete er mir eines Morgens. Die ganze Nacht war er nicht zu Hause gewesen. Gänsehaut stieg an mir hoch. Wir waren beide Anfang sechzig. Wie sollte in diesem Alter ein Neuanfang aussehen?
„Das kannst du nicht machen“, flehte ich ihn an. Verstehen konnte ich ihn nicht. Stets tat ich alles für ihn, er konnte mich herumkommandieren und ich sprang. Ich hatte doch keinen Fehler gemacht!
„Ich kenne Marina jetzt schon einige Zeit und sie gibt mir das, was ich brauche. Sie wird in unser Haus einziehen, ich besorge dir eine kleine Wohnung. Als Einzelperson brauchst du nicht so viel Platz.“ An Günthers Blick sah ich, wie ernst er es meinte.
„Niemals, dann stecke ich das Haus lieber in Brand“, begehrte ich das erste Mal auf. Günthers Hand landete auf meiner Wange. Zum ersten Mal schlug er mich. Weinend verließ ich das Haus und lief einige Stunden ziellos durch die Gegend. Es war kalt, und ich hatte noch nicht einmal eine Jacke mit.
Hoffentlich ist Jan zu Hause, betete ich innerlich. Er war der Einzige, der mir jetzt helfen konnte. Als ich heulend vor seiner Tür stand, öffnete mir ein junger Mann. Das musste sein Freund sein. Ich hatte mich nie für die Partner meines Sohnes interessiert. Mein Gegenüber musste mich von einem Foto her kennen. Nach einigen Worten zog er mich in die Wohnung und legte seinen Arm um mich. Jan war nicht da, sein Freund Thomas rief ihn über Handy an. Ich bekam alles nur wie durch eine Nebelwand mit, mein Zeitgefühl hatte ich, seitdem ich das Haus verlassen hatte, längst verloren.

„Mama, Mama, was ist los? Ist der Alte tot?" Jan kniete plötzlich vor mir und schüttelte mich. Sein Freund hatte uns einen Tee gekocht, langsam kam mein Verstand wieder. Ich erzählte den beiden Männern, was geschehen war. Jan rastete völlig aus, zum ersten Mal wollte er seinen Vater verprügeln.
„Es ist immerhin dein Vater. Du darfst ihn nicht schlagen", klärte ich meinen Sohn auf. In mir sträubte sich bei dem Gedanken einfach alles. „Er liebt ja ohnehin nur seine beschissene Uhr", schimpfte Jan weiter.
Ja, seine Uhr, dachte ich still. In dieser Nacht schlief ich im Gästezimmer meines Sohnes. Sein Freund Thomas entpuppte sich als sehr sympathischer junger Mann.
„Du hast doch noch unseren Hausschlüssel?", fragte ich Jan am nächsten Morgen.
„Du kannst doch nicht zurück. Der Alte macht dich fertig", gab mein Sohn zu bedenken. Er hatte sich seit dem gestrigen Tage wieder einigermaßen beruhigt.
Ich wollte nur meine Sachen aus dem Haus holen. Die beiden Männer fuhren mit mir zu unserem schicken Bungalow. Mir kamen sofort wieder die Tränen, als ich das Haus sah. Günther war längst zur Arbeit, er hatte es nicht für nötig gehalten, mich zu suchen. Im Hause packte ich meinen Koffer, mein Sparbuch und einige Habseligkeiten, an denen mir etwas lag, zusammen. Dieser Gang war für mich so schrecklich. Noch nie im Leben hatte ich mich so hilflos und weggeworfen gefühlt. Was sollte nur aus mir werden? Beim Hinausgehen fiel mein Blick auf den Tresor. Hier lagerte Günther seinen größten Schatz, seine Uhr! Ich weiß selbst nicht, welcher Teufel mich ritt. Ich ging zum Tresor, öffnete ihn und holte die Uhr und das Zertifikat heraus. Beides steckte ich ein. Jan und sein Freund hatten nichts davon mitbekommen.

Ich wohnte nun vorübergehend bei meinem Sohn. Wir führten eine wunderschöne Wohngemeinschaft. In meinem ganzen Leben hatte ich mich nicht so wohl gefühlt, ich bekochte die beiden Männer und machte mich nützlich, wo es nur ging. Zwei Tage später klingelte das Telefon. Ich nahm ab und erstarrte, Günther war am anderen Ende und schrie sofort los.
„Wo ist meine Uhr? Ich bring dich um, wenn du sie mir nicht wiedergibst. Ich weiß genau, dass du sie hast."
Ich schluckte und legte einfach auf. Das Telefon klingelte nun den ganzen Nachmittag, doch ich ging einfach nicht mehr ran.
Abends schüttete ich Jan und Thomas mein Herz aus. Ich erzählte ihnen von der Uhr. Jan freute sich über meine Untat, Thomas konnte die ganze Aufregung gar nicht verstehen.
„Verkauf das Ding doch einfach", schlug Jans Freund trocken vor.
Das war eine gute Idee! In einer entfernten Großstadt fand jeden Samstag ein großer Trödelmarkt statt. Ich fuhr hin und verkaufte die Uhr tatsächlich für 50 € an einen fliegenden Händler.
„Ein gutes Imitat", begeisterte dieser sich.
„Das ist kein Imitat, hier ist das Zertifikat", klärte ich ihn auf.
„Mensch Meier! Die Uhr ist mindestens 30.000 € wert! Das Ding brennt doch lichterloh!"
Wieso brannte die Uhr? Ich konnte mit diesem Ausspruch nichts anfangen.
„Na, geklaut", half mir der Typ auf die Sprünge.
„Diese Uhr hat meinem Mann gehört. Sie ist nun wirklich nicht geklaut", wehrte ich mich erbost.
Mit den 50 € in der Tasche machte ich mich auf den Heimweg. Das Geld musste ich unbedingt ausgeben, es bereitete

mir Magenschmerzen. Ich kaufte etwas Leckeres zu essen für den Abend ein.
Natürlich gab es nach meiner Untat einen schrecklichen Ärger. Günther hetzte Rechtsanwälte auf mich, und wir standen über zwei Jahre regelmäßig vor Gericht. Wann immer er mich traktieren konnte, tat er dieses auch.

Heute habe ich eine Wohnung direkt neben der von Jan und Thomas. Die beiden leben immer noch zusammen, und darüber bin ich froh. Schwul sein ist keine Krankheit, die Neigung meines Kindes ist für mich selbstverständlich geworden.
Obwohl ich mittlerweile Mitte 60 bin, habe ich einen neuen Mann gefunden. Er heißt zwar auch Günther, ist aber das Gegenteil von meinem Exmann.
Marina hat übrigens längst das Weite gesucht, mein Ex-Günther ist jetzt Rentner, lebt alleine und krank in unserem großen Haus. Manchmal klingelt das Telefon und es wird einfach aufgelegt. Dann muss ich jedes Mal an ihn denken.

Es tut mir so Leid …

**Folgenden Brief erhielt ich anonym.
Ich habe lange überlegt, ob ich ihn veröffentliche.**

Was ich meinem Mann angetan habe, ist nicht wieder gutzumachen. Ich war immer schon sehr eifersüchtig und machte ihm oft die Hölle heiß. Meiner Meinung musste man alle Anfänge von Fremdgeherei sofort ersticken. Karin, meine beste Freundin, gab mir Recht. Sie war Single und konnte es nicht ertragen, wenn ich wegen Harald litt. Oftmals hackte sie auf ihm herum, unterstellte ihm Affären. Es war kurz vor meinem 40. Geburtstag. Harald ging plötzlich auffällig oft abends alleine aus dem Haus. Wenn ich ihn begleiten wollte, wehrte er mich sofort ab. Er bestand darauf, dass ich alleine zu Hause blieb. Karin war die ganze Angelegenheit ebenfalls ein Dorn im Auge. Tagtäglich stachelte sie mich auf und trieb Hetzkampagnen gegen ihn. Meine Wut gegen meinen Mann wurde unermesslich.
Eines Tages schlug Karin vor, ihm einfach heimlich zu folgen. Ich war von dieser Idee begeistert. Schon eine Stunde, nachdem Harald wieder einmal das Haus verlassen hatte, klingelte es an unserer Tür Sturm. Wutschnaubend rannte Karin mich fast um, als ich öffnete.
Bingo! Sie teilte mir mit, dass mein Mann mich tatsächlich betrog. Sie triumphierte förmlich, schien sich an meiner Qual zu ergötzen. Ich bemerkte diese Tatsache damals nicht. Angeblich hielt Harald sich in der Jagdhütte auf. Er war Hobbyjäger und traf sich dort einmal im Monat mit seinen Jagdkollegen. Jetzt kam jedoch die Höhe! Unsere direkte Nachbarin hielt sich ebenfalls in der besagten Hütte auf. Die beiden waren ganz alleine. Da war es doch klar,

dass etwas lief! Karin stachelte weiter, bis ich rot sah. Sie behauptete sogar, dass unsere Nachbarin schließlich gar nicht so schlecht aussähe. Blind vor Hass nahm ich das Jagdgewehr aus dem Waffenschrank und ließ mich von Karin zur Jagdhütte fahren. Kaum angekommen, schoss ich auch schon wie eine Wilde los. Ich zerschoss Haralds Reifen, die Reifen der Nachbarin und die Scheiben der Hütte. Karin ging in Deckung. Nicht ein einziges Mal machte sie den Versuch, mich daran zu hindern. Erst als die Munition aufgebraucht war, wurde mir bewusst, was ich getan hatte.
Harald kam blutend aus der Hütte, Glassplitter hatten ihn verletzt, unsere Nachbarin schrie wie angestochen. Mein Mann schaute mich kreidebleich an.
„Du bist wahnsinnig! Was soll diese Scheiße?!“ Er schrie los.
Dann wurde ich aufgeklärt.
Unsere Nachbarn und Harald wollten zu meinem 40. Geburtstag in der Jagdhütte eine Überraschungsparty veranstalten. Aus diesem Grunde trafen sie sich seit zwei Wochen fast jeden Abend hier. Die Hütte war etwas heruntergekommen, doch wurde zu dem bevorstehenden Anlass nach und nach renoviert.
Karin zuckte nur hilflos mit den Schultern, als ich sie verzweifelt anguckte.
Diese ganze Geschichte hatte noch ein Nachspiel. Der Schaden, den ich angerichtet hatte, betrug mehrere tausend Mark. Meine Nachbarin verklagte mich, und ich bekam eine Gefängnisstrafe auf Bewährung. Bis zum heutigen Tage spricht sie nicht mit mir. Auf Haralds Wunsch mache ich eine Therapie gegen meine Eifersucht, unsere Ehe hat einen gewaltigen Knacks bekommen. Ich weiß nicht, ob ich sie retten kann. Der Kontakt zu Karin ist abgebrochen, und ich glaube, dass es auch besser so ist.

Ich hoffe, dass Sie diesen Brief veröffentlichen. Niemand sollte vorschnell handeln, wenn ein Verdacht besteht. Schnell kann ein Unglück daraus entstehen.

Die Warnung

Eine Frau aus Wilhelmshaven erzählt:

Mein Mann Heinz war ein Fremdgeher, sobald sich die Gelegenheit ergab. Wenn wir auf Partys eingeladen waren, flirtete er mit anderen Frauen, auch wenn der Ehemann daneben stand. Schon einige Male hatte er sich deswegen Ohrfeigen eingefangen. Ihm schien das nichts auszumachen, immer ein Lächeln auf dem Gesicht, steuerte er sofort die nächste an. Sein Plan ging oftmals auf, meistens fand er eine, die sich auf ihn einließ. Ich wurde durch sein Verhalten öffentlich gedemütigt. So waren Streitereien mittlerweile bei uns an der Tagesordnung. Zeitweise wurde unsere Ehe für uns beide unerträglich, immer öfter fiel das Wort Trennung.
Dann kam der Tag, an dem Heinz anscheinend eine feste Geliebte hatte. Er hatte sich mir immer mehr entzogen. Eine Bekannte rief mich an und teilte mir mit, dass sie Heinz mit einer Jüngeren in der Stadt gesehen hatte. Unbekümmert zeigte er sich mal wieder mit seiner Geliebten in der Öffentlichkeit.
„Das haben Sie aber nicht verdient", hörte ich immer öfter. Ich schämte mich. Die Leute mussten doch denken, dass ich als Frau nichts tauge, sonst würde mein Mann mich nicht laufend betrügen.
Eines Abends saß ich mal wieder alleine auf dem Sofa. Heinz war, wie immer, nicht zu Hause. Eine ganze Flasche Rotwein hatte ich bereits geleert. Ich grübelte nach, wie ich mich am besten rächen könnte. Dann kam mir die Idee. Ich holte seine schwarze Lieblingslederjacke und legte sie auf den Tisch, dann holte ich einen weißen Lackstift und schrieb auf den Rücken: ACHTUNG EHEBRECHER! Nachdem

die Schrift getrocknet war, hängte ich die Jacke zurück an die Flurgarderobe, drauf bedacht, dass die Schrift nicht zu sehen war. Dann stolperte ich betrunken ins Bett.
Als ich am nächsten Vormittag aufwachte, war Heinz nicht da. Ich schaute mich um und stellte fest, dass er die letzte Nacht zu Hause verbracht hatte. Durch die Flasche Rotwein hatte ich nichts mehr mitbekommen. Ich ging ins Wohnzimmer und sah meinen weißen Lackstift auf dem Tisch liegen. Im ersten Moment wusste ich gar nicht, warum er dort lag. Ich brauchte eine gewisse Zeit, bis mir einfiel, was ich getan hatte. Meine Tat wollte ich auf jeden Fall rückgängig machen, ich hetzte in den Flur, doch der Platz, an dem die Jacke normalerweise immer hing, war leer. Jetzt drehte sich mir der Magen um und ich bekam ein schlechtes Gewissen. Heinz war Beamter und fuhr morgens immer mit dem Bus zum Amt. Er musste also schon vielen Menschen begegnet sein.
Ich nahm den Telefonhörer, um ihn anzurufen, doch dann verließ mich der Mut, ich legte wieder auf.
Gegen Mittag klingelte das Telefon, und ich ging mit klopfendem Herzen ran.
„Bist du bescheuert?“ Heinz schrie sofort los, als ich abnahm. Ich schluckte.
Nach meiner Tat wurde es nie wieder so, wie es einmal war. Irgendwann haben wir uns getrennt und ich muss sagen, dass ich heute froh darüber bin. Ich habe jetzt einen Freund, für den Treue genauso wichtig ist wie für mich.

Wie man eine Ehefrau beseitigt

Eine eiskalte Geliebte aus Bremen erzählt:

Endlich hatte ich mal eine gute Partie kennen gelernt, doch leider war der Typ verheiratet. Am Anfang störte mich das nicht im Geringsten, er war sehr vermögend, ich wurde verwöhnt, pickte mir sozusagen die Rosinen aus dem Kuchen. Dann verliebte ich mich in ihn, obwohl ich keine Gefühle investieren wollte. Oftmals begleitete ich ihn tagelang auf Geschäftsreisen. Der Gedanke, dass er am Ende der Reise wieder heim zu seiner Frau fahren würde, machte mich rasend. Ich wurde sehr eifersüchtig, ließ mir jedoch nichts anmerken. Er fühlte sich bei mir in Sicherheit, sagte mir oft, wie schön die Zeit mit mir sei, sagte allerdings auch, dass er seine Frau niemals verlassen würde. Gila sei eine gute, treue Frau. Die Wut in meinem Bauch wuchs immer mehr, doch ich hielt mich unter Kontrolle.
Dann kam mein erster Angriff. Helmut flog mit mir nach England, er hatte einige Geschäfte zu erledigen. An unserem letzten Tag packte ich seinen Koffer. Ich wollte ihm zeigen, dass ich auch eine gute Frau wäre, doch er nahm den Wink mit dem Kofferpacken gar nicht wahr. Für ihn war es selbstverständlich, dass eine Frau diese Art von Arbeit verrichtet. Heimlich nahm ich meine Flasche Parfüm und kippte sie zwischen seinen Sachen aus. Wenn die liebe Gila jetzt den Koffer öffnen würde, käme ihr eine Duftwolke entgegen. Ein Duft, der nach Frau riecht. Wenn sie das nicht merken würde, dann wäre ihr nicht mehr zu helfen.
Am Flugplatz in Deutschland angekommen, verabschiedete Helmut sich herzlich von mir und bedankte sich für die schönen Tage.

„Ich melde mich in den nächsten Tagen bei dir", rief er mir im Weggehen zu.
Vielleicht schon heute Abend, wenn du zu Hause rausgeflogen bist, dachte ich mir im Stillen.
Abends hoffte ich auf ein Zeichen, doch nichts geschah. Ich wurde nervös, nahm das Telefon und wählte seine Privatnummer.
„Siebert", meldete sich eine sympathische Frauenstimme. Ich legte auf, das klang auf keinen Fall nach Ehestreit. Wut stieg in mir auf.
Etwa zwei Wochen später meldete sich Helmut gewohnt fröhlich und fragte mich, ob ich mit ihm nach Spanien fliegen wolle. Natürlich wollte ich. Diesmal waren wir vier Tage unterwegs. Am letzten Tag packte ich wieder seinen Koffer. Diese Gila musste strohdoof sein. Ich legte seine Hemden und Hosen ordentlich zusammen. Er hatte die Angewohnheit, immer alles in den Koffer zu schmeißen. Zum Schluss nahm ich einen getragenen Stringtanga von mir und steckte ihn zwischen seine Sachen. Mal sehen, was diesmal geschah.
„Du bist so herrlich unproblematisch", flüsterte Helmut mir zum Abschied ins Ohr.
„Ich liebe dich", entfuhr es mir.
Mit zusammengekniffenen Augen schaute Helmut mir ernst ins Gesicht. Zu spät bemerkte ich, dass dieser Satz falsch war. Ich hätte ihn niemals aussprechen dürfen.
Nun hörte ich lange Zeit nichts mehr von Helmut. Ich beschloss, mich bei ihm zu melden und rief ihn im Büro an.
Seine Stimme war merkwürdig kalt, ich fragte ihn, was los sei. „Blöderweise ist dein Slip bei der letzten Reise mit in meinen Koffer geraten. Gila hat ihn gefunden. Es gab einen fürchterlichen Streit, sie hat viel geweint. Ich bin ein Schwein. Sie ist wirklich eine gute Ehefrau, nur der Sex

stimmt nach den ganzen Jahren nicht mehr. Aber das ist nicht das Wichtigste. Sie ist kurzerhand ausgezogen. Ich möchte sie gerne zurückerobern, doch das ist gar nicht so einfach. Sie vertraut mir nicht mehr. Momentan ist sie bei ihren Eltern."

Nach diesen Worten schlug mir das Herz bis zum Halse.

„Das tut mir sehr Leid", log ich.

„Du kannst ja auch nichts dafür."

Ich wunderte mich über seinen Großmut. Er war wegen des Tangas nicht sauer auf mich. Wahrscheinlich dachte er an ein Versehen.

Wir verabredeten uns für den Abend, wollten nach Hamburg fahren und essen gehen.

„Aber nur freundschaftlich, ich möchte meine Frau zurück", klärte Helmut mich ritterlich auf. Ich hätte kotzen können. Es blieben mir jetzt noch einige Stunden, um herauszufinden, wo Gilas Eltern wohnten. Ich schaffte es tatsächlich über Helmuts Nachbarn. Ich rief dort an und sagte mit verstellter Stimme:

„Ihr Schwiegersohn Helmut fährt heute Abend nach Hamburg, um sich dort im Steakhaus Milchstraße mit seiner Freundin zu treffen."

Helmut und ich saßen gerade eine halbe Stunde in diesem Steakhaus, da stand Gila zitternd vor uns. Mit Tränen in den Augen sah sie uns an, die Enttäuschung stand ihr ins Gesicht geschrieben. Wortlos drehte sie sich um und ging.

„Gila, Gila, es ist nicht so, wie du denkst", schreiend rannte Helmut seiner zukünftigen Exfrau hinterher. Unser Essen kam, und ich fing alleine an.

Gila hat sich tatsächlich von ihm getrennt, kaum zu glauben. Ich war einige Jahre mit Helmut zusammen, doch irgendwann verließ er mich. Er kam mit meiner Art nicht zurecht.

Polizei, bitte kommen …

Eine Polizistengattin erzählt von ihrer kleinen Rache:

Mein Mann Rolf sah in seiner Polizeiuniform einfach nur geil aus. Leider war ich nicht die Einzige, der diese Tatsache auffiel. Oftmals bekam er von Frauen eindeutige Angebote. Mich machte das rasend, ich war wirklich sehr eifersüchtig. Mein Mann war von meiner Eifersucht sehr genervt. In unserer Ehe gab es immer mehr Spannungen und Streit.
Eines Tages entdeckte ich an seinem Unterhemd Make-up-Spuren. Ich benutzte kaum welches und vor allen Dingen nicht so dunkles. Wut stieg in mir auf, doch ich beschloss zu schweigen. Ich beobachtete meinen Mann mit Argusaugen. Dann fand ich eines Tages einen Damenkniestrumpf unter dem Beifahrersitz. Ich hatte unseren Wagen sauber gemacht, als ich dieses Ding plötzlich in der Hand hielt. Niemals trug ich Kniestrümpfe, weil es meiner Meinung nach einfach bescheuert aussah. Nun hielt ich dieses hautfarbene, getragene Ding in meinen Händen.
Anscheinend hatte Rolf eine Geliebte. Ich rief meine Freundin Doreen an und heulte mich aus. Merkwürdigerweise hielt Doreen sich mit tröstenden Worten ziemlich zurück. Mir fiel das sofort auf, doch vielleicht hatte sie selbst auch Probleme?
Der Tag war für mich gelaufen. Ich war zwischen den Gedanken, dass Rolf eine Freundin hatte und dass Doreen sich mir gegenüber ein bisschen abweisend verhalten hatte, hin- und hergerissen.
Abends verschwand Rolf einfach mal wieder. Angeblich wollte er zum Fußball. Ich beschloss, kurzerhand meiner Freundin einen Besuch abzustatten. Vielleicht hatte ich

mir ihr merkwürdiges Verhalten auch nur eingebildet. Bei Doreen angekommen, klingelte ich Sturm, doch niemand öffnete. Ich hinterließ ihr einen kleinen Zettel an der Tür und hoffte, dass meine Freundin sich bei mir melden würde. Nichts geschah, ich saß den ganzen Abend alleine zu Hause. Als Rolf endlich zur Tür hereinkam, schlief ich bereits auf dem Sofa. Ohne mich zu wecken, ging er ins Bett. Am nächsten Morgen sahen wir uns nur kurz.

„Hast du eine Freundin?“ Ich wollte ihn zur Rede stellen.

„Nicht schon wieder dieses Gelaber.“ Er drehte sich um und ging. Ich heulte los und griff zum Telefon, um Doreen auf ihrer Arbeitsstelle anzurufen. Als sie abnahm, legte ich sofort los und erzählte ihr von unseren Problemen. Wieder war sie merkwürdig zurückhaltend. Ihre Gleichgültigkeit machte mich fast rasend. Wie konnte ich ihr nur so egal sein? Ich versuchte, an Doreens Herz zu appellieren, hoffte auf ein bisschen Mitgefühl, doch es nützte nichts.

„Hast du auch irgendwelchen Ärger?“ Ich versuchte, an meine Freundin heranzukommen. „Du, ich hab jetzt wirklich keine Zeit“, wimmelte sie mich ab und legte auf.

Nun war ich wirklich ratlos. Warum benahm meine Freundin sich in letzter Zeit so eiskalt und rücksichtslos? Schließlich war ich auch immer in schlechten Zeiten für sie da. Nun brauchte ich sie einmal und schon ließ sie mich im Stich.

Abends wieder das gleiche Spiel – Rolf verschwand und ich war alleine. Ich versuchte erneut, Doreen zu erreichen, doch sie nahm den Telefonhörer nicht ab. Es war schon fast 21.30 Uhr, als ich mich entschloss, ihr einen Besuch abzustatten. Mit dem Rad fuhr ich los, Rolf hatte unseren Wagen mitgenommen. Doreen wohnte in einem Vierfamilienhaus. Dort angekommen erkannte ich als Erstes unseren Wagen. Mir schlug das Herz bis zum Halse, ich dachte noch nicht an etwas Böses.

Die Eingangstür war unten geöffnet, so kam ich unbemerkt ins Haus. Vor Doreens Wohnungstür hielt ich den Atem an und lauschte. Ich hatte so ein Gefühl, als würde ich meinen eigenen Pulsschlag hören. Aus der Wohnung drang leise Musik und Doreens albernes Gelächter. Dann hörte ich meinen Mann lauthals loslachen. Mir wurde ganz schlecht und schwindelig. Anscheinend tollten die beiden ausgelassen herum. Übermütig rief Rolf einige Male: Ich liebe dich, ich liebe dich! Dann verstummten sie. Am liebsten hätte ich die Tür eingetreten, aber die Angst vor einem Misserfolg hielt mich zurück. Ich würde mich nur lächerlich machen! Irgendwie musste ich meinem zukünftigen Exmann und meiner ehemaligen Freundin doch eins auswischen. Dann kam mir die Idee! Ich nahm mein Handy und wählte die Notrufnummer.

„Hilfe!, in der Waldstr. 36 wird gerade eine Frau vergewaltigt. Trotz mehrfachen Dauerklingelns wird die Tür nicht geöffnet. Die Frau hat schon einige Male um Hilfe geschrien."

Kurze Zeit später konnte ich von der anderen Straßenseite ansehen, wie Kollegen meines Mannes ins Haus stürmten.

Das Einzige, was ich heute anders machen würde, ist von einer Telefonzelle aus anzurufen! Ich konnte als Anruferin identifiziert werden und bekam einigen Ärger. Als Frau eines Polizisten hätte ich daran denken müssen. Diese Tatsache ist mir ein bisschen peinlich.

Alles Gute wünsche ich dir!

Eine 67-jährige Leserin der Halterner Zeitung erzählte mir folgende Geschichte. Diese Geschichte hat nicht viel mit boshafter Eifersucht zu tun. Trotzdem juckte es mir in den Fingern und im Herzen. Diese humorvolle Frau hat es ihrem untreuen Gatten richtig gezeigt. Heute sind die beiden wieder ein Herz und eine Seele.

Durch Bekannte erfuhr ich, dass mein Mann Theo eine Geliebte hatte. Ich litt erst still vor mich hin und schluckte meine Wut hinunter. Wir entfernten uns immer mehr voneinander. Ich war immer ein harmoniesüchtiger Mensch, streiten wollte ich mit ihm auf gar keinen Fall.
Mein Mann hielt sich nur noch selten zu Hause auf. Abends saß ich immer öfter einsam vor dem Fernseher und heulte vor mich hin. Wie konnte er mir diese Demütigung nur antun? Trotzdem schwieg ich.
Eines Tages beschloss ich, in Zukunft öfter abends auszugehen. Aus Angst, meinem Mann und seiner Neuen zu begegnen, fuhr ich in eine etwa 100 Kilometer entfernte Großstadt. Im Grunde genommen war das eine ganz schöne Fahrerei, doch hier fühlte ich mich weit weg von allem. Ich konnte endlich wieder tief durchatmen und fühlte mich wie ein freier Vogel. Einige Herrenbekanntschaften hätte ich in dieser Zeit machen können, doch ich war schließlich verheiratet. Außerdem waren die meisten Männer ebenfalls verheiratet, und ich wollte ihren Ehefrauen nicht das antun, was ich zurzeit durchleben musste.
Eines Tages setzte sich eine attraktive Frau zu mir an die Bar. Ich versuchte, sie heimlich zu mustern, doch das blieb ihr nicht verborgen. Sie lud mich zu einem Drink ein. Wir

saßen stundenlang zusammen, und ich erzählte ihr mein ganzes Leid. Sie hatte Ähnliches erlebt und sich von ihrem Mann getrennt. Nun lebte sie alleine in einem großen Haus. Als sie erneut einen Drink bestellen wollte, wehrte ich ab. Schließlich musste ich noch fast 100 Kilometer nach Hause fahren.

„Schlaf doch bei mir", bot sie mir freimütig an. Ich überlegte einige Zeit und entschied, dass ich schließlich nichts zu verlieren hatte. Wir beschlossen, zu ihr nach Hause zu fahren und dort noch etwas zu trinken. Gemacht, getan, einige Zeit später saßen wir in ihrem edel eingerichteten Wohnzimmer. Alles war hier so schön, so ordentlich, doch irgendwie auch ein bisschen steril.

„Du kannst im Gästezimmer schlafen, kannst aber auch bei mir schlafen", schlug Bella, meine Tresenbekanntschaft, vor. In ihrem Bett schlafen? Ich kannte die Frau doch kaum, das war mir doch sehr unangenehm.

„Ich werde dich schon nicht fressen. Komm, ich zeig dir das Bad, rechts oben im kleinen Schrank findest du Zahnbürsten und alles, was du brauchst. In der Zwischenzeit werde ich das Bett frisch beziehen. Im unteren Schrank findest du übrigens Nachthemden. Such dir eines aus."

Ehe ich mich versah, befand ich mich im Badezimmer. Ein wunderschönes Zimmer mit großem Spiegel, viel Messing und bis in die kleinste Ritze blitzblank sauber. Bellas Mann musste sehr reich sein, dachte ich mir. Ich beschloss zu duschen, Zigarettenqualm hing in meinen Haaren. Als ich später das Schlafzimmer betrat, hatte Bella ihr Bett neu bezogen. Von Gästezimmer war keine Rede mehr. Mir war das nun egal, ich war müde und legte mich ins Bett. Während Bella sich im Bad fertig machte, ließ sie die Tür offen stehen. Lebhaft unterhielt sie sich mit mir. Komischerweise fühlte ich mich gar nicht unwohl. Es war

so, als ob wir uns schon viele Jahre kennen würden. Mit einem lauten Urschrei sprang sie zu mir ins Bett, beide mussten wir kichern. Dann nahm sie das Kopfkissen und veranstaltete eine tolle Kissenschlacht mit mir. Meine letzte Kissenschlacht war bestimmt 50 Jahre her. Irgendwann lagen wir völlig erschöpft nebeneinander. Bella beugte sich zu mir herüber und küsste mich auf den Mund. Zuerst war ich völlig entsetzt und starr. Dann benahm ich mich so, als ob der Verstand meinen Körper verlassen hätte.
In dieser Nacht hatte ich zum ersten Mal Sex mit einer Frau, und es sollte nicht das letzte Mal sein. Ich erlebte mit Bella unzählige schöne Nächte.
Ich beschloss für mich, mit Theo zu reden.
„Es hat keinen Sinn mehr. Ich weiß schon lange, dass du eine Geliebte hast. Wir gehen alle vor die Hunde. Ich leide, sie wahrscheinlich auch, und du musst zwischen uns Frauen immer einen Spagat machen. Irgendwann bleibt mindestens einer von uns auf der Strecke. Ich gebe dich frei", teilte ich ihm großzügig mit. Mit ungläubig aufgerissenen Augen starrte er mich an.
„Dass du so ruhig bleibst", meinte er ein wenig vorwurfsvoll. „Was erwartest du? Für unsinnige Szenen bin ich längst zu alt. Ich biete dir meine Freundschaft an."
Theo verhielt sich in den nächsten Tagen völlig anders. Er blieb öfter zu Hause, versuchte, seine Freizeit zwischen ihr und mir gerecht aufzuteilen. Er sah immer schlechter aus, anscheinend machte seine Freundin ihm deswegen Schwierigkeiten.
„Nun hör doch auf mit diesem Mist. Das ist doch nichts Halbes und nichts Ganzes. Ich werde freiwillig ausziehen", schlug ich meinem Mann nach einigen Tagen vor.
Mit Bella hatte ich bereits besprochen, dass ich zu ihr ziehen würde, bis ich auf eigenen Beinen stehen würde und

eine passable Wohnung gefunden hätte. So geschah es dann auch. Wir beschlossen, niemandem etwas von unserer Liebelei zu sagen. Schließlich gehörte sich so etwas auch nicht. Da hatten wir die gleiche Einstellung. Bella war Hausfrau, und ich ging jeden Tag für 6 Stunden arbeiten. Das einzig Störende an der ganzen Geschichte war nur, dass ich nun fast jeden Tag 100 Kilometer hin und 100 Kilometer zurückfahren musste.
Einem Arbeitskollegen blieb meine Hetzerei nicht verborgen. Er fragte mich nach dem Grund. Zu diesem Kollegen hatte ich immer schon ein nettes Verhältnis, und so dachte ich mir nichts dabei, als ich ihm von meinem Umzug berichtete. Die Liebelei mit Bella verschwieg ich allerdings.
„Du wirst doch wohl nicht unter die Lesben gegangen sein?“ Forschend schaute er mir ins Gesicht. Ich glaube, meine Gesichtsfarbe verriet mich.
„Brauchst nicht rot zu werden! Pfui Teufel!“
„Nein, was denkst du nur von mir?“ Ich versuchte verzweifelt, mich zu wehren, doch es nützte mir nichts.
Von diesem Tag an behandelte er mich abwertend, von seinen dummen Bemerkungen blieb ich nicht verschont.
Die Krönung kam, als dieser „nette“ Kollege meinen Mann anrief und ihm von seinem Verdacht erzählte. Was das sollte, weiß ich bis heute nicht.
Ende der ganzen Geschichte war, dass Theo plötzlich um mich kämpfte. Die Tatsache, dass ich ihn mit einer Frau betrog, hatte wohl zu sehr an seiner Ehre gekratzt.
Heute lebe ich wieder mit ihm zusammen. Er hat seine Freundin verlassen und mich davon überzeugt, dass es anständiger ist, wenn wir als Ehepaar weiter zusammenleben. Zu Bella habe ich leider keinen Kontakt mehr. Zu groß war ihre Enttäuschung über meinen Rückzug. Ich muss aber noch sehr oft an meine liebe Freundin denken.

Die Entscheidung

Eine Dame aus Magdeburg antwortet der Geliebten ihres Mannes mit einer SMS. Danach ist alles geregelt.

Frank und ich waren das Traumpaar. Viele beneideten uns um unser Glück. Auch ich war mir sicher, dass alles perfekt war.

Eifersucht kannten wir beide nicht, vertrauten einander grenzenlos. Dann bekam ich eines Tages von unserer gemeinsamen Freundin Tina den Hinweis, dass Frank auffällig oft heimlich simsen würde. Nun achtete ich mit Adleraugen auf das Geschehen und stellte fest, dass er häufig verschwand, wenn sein Handy klingelte. Er telefonierte nur noch selten in meiner Gegenwart. Sein Handy ließ er nirgendwo mehr liegen, ich hatte keine Chance, nachzuschnüffeln.

Eines Nachts stand ich heimlich auf und suchte es. Er hatte es tatsächlich versteckt, ich fand es allerdings trotzdem. Gott sei Dank war es nicht abgestellt, nur der Klingelton war aus. Er hatte tatsächlich schon wieder SMS und Anrufe in Abwesenheit bekommen. Ich überlegte, ob es schlimm wäre, wenn ich seine SMS lesen würde … Ich nahm mir vor, nur eine einzige SMS zu lesen, doch nach der ersten musste ich alle anderen auch lesen.

JETZT LIEGE ICH EINSAM IN MEINEM BETT UND DENKE AN DIE SCHÖNEN STUNDEN HEUTE NACHMITTAG. ALLES RIECHT NOCH NACH DIR. KUSS MARINA

Marina!

Unsere Freundin hieß auch Marina. So viele Marinas gab

es nicht, sie musste es also sein. Am liebsten hätte ich auf Kommando gekotzt. Im ersten Moment wollte ich ins Schlafzimmer stürzen und einfach auf dieses schlafende Arschloch einschlagen. Tausend Gedanken kreisten durch meinen Kopf. Ich las eine SMS nach der anderen. Anscheinend hatte sie sich richtig in meinen Mann verliebt. Franks Antworten auf diese SMS las ich auch, auf mich wirkten sie eher ein bisschen fade.

Ich grübelte, an Schlaf war jetzt nicht mehr zu denken. Dann fiel mir die Lösung ein! Ich würde Marina jetzt einfach in Franks Namen eine SMS schicken. Mal schauen, was passiert:

ICH HABE MICH FÜR MEINE FRAU ENTSCHIEDEN.
WAS ICH BRAUCHE, WIRST DU MIR NIEMALS
GEBEN KÖNNEN. LASS UNS EINFACH IN RUHE
UND WIR REDEN ÜBER UNSERE KURZE AFFÄRE
NICHT MEHR. FRANK

Mit klopfendem Herzen schickte ich diese SMS ab, ohne weiter über die Folgen nachzudenken. Das Display des Handys leuchtete auf, sie antwortete tatsächlich mitten in der Nacht. Wahrscheinlich nahm sie ihr Telefon sogar mit ins Bett.

WARUM?

Ich überlegte, ob ich mich auf eine Diskussion einlassen sollte. Nein! Ich würde einfach gar nicht antworten.

Die nächsten Stunden saß ich im Wohnzimmer und rauchte eine Zigarette nach der anderen. Irgendwann wurde Frank

wach und stolperte ins Bad. Es war noch nicht einmal 5 Uhr morgens, er hätte noch zwei Stunden schlafen können.
„Was ist denn hier los? Wie lange sitzt du schon hier?" Frank sah sein Handy neben mir auf dem Sofa liegen und erstarrte. Minutenlang schwiegen wir uns an.
„Ich habe ihr eine SMS geschrieben und mit deinem Namen unterschrieben. Es ist Schluss mit ihr! Von dir will ich nur noch wissen, warum du das gemacht hast. Los! Erkläre es mir." Leider schrie ich Frank an. Obwohl ich mir in den letzten Stunden vorgenommen hatte, ruhig zu bleiben, verlor ich meine Nerven. Mit Fäusten ging ich auf ihn los. Wenn ich heute daran denke, tut es mir Leid. Mein Mann hat sich nicht einmal gewehrt. Er ließ meine Schläge einfach über sich ergehen.

Wir sind zwar noch verheiratet, aber unsere Ehe hat einen gewaltigen Knacks bekommen. Von Vertrauen kann keine Rede mehr sein. Ich bin mir sicher, dass wir nicht miteinander alt werden.

Die Annonce

In dieser Geschichte bekommt die Erzählerin auch noch gewaltigen Ärger:

Gesellschaftlich stand mein Mann immer fein da. Er war ein Saubermann, durch und durch. Ich war für ihn eine Vorzeigefrau, gerne gab er mit mir an. Wie es in Wirklichkeit bei uns aussah, konnte niemand ahnen. Unsere Ehe bestand nur noch auf dem Papier. Wir schliefen schon seit langer, langer Zeit nicht mehr miteinander. Ich konnte versuchen, was ich wollte, Gero hatte einfach keine Lust mehr auf mich.
Als ich eines Tages blonde Haare in seinem Wagen fand, wurde ich skeptisch. Ich war dunkelhaarig. Eine Geliebte, schoss es mir sofort durch den Kopf. Umgehend stellte ich ihn zur Rede. Gero gab sich noch nicht einmal die Mühe, alles abzustreiten.
„Zwischen uns läuft doch ohnehin nichts mehr und du verlierst durch diese Tatsache nichts“, stellte er sachlich fest.
Ich dachte lange über diesen Satz nach. Anscheinend hatte sich die Tatsache, dass er eine Geliebte hatte, in unserem kleinen Ort noch nicht herumgesprochen. Irgendjemand hätte mich sonst schon darauf aufmerksam gemacht. Dorfbewohner konnten ja solche Tratschtanten sein. Ich beschloss zu schweigen, mein Gesicht hatte ich gesellschaftlich ja nicht verloren.
Meine Reaktion auf sein Geständnis muss auf ihn wie ein Freifahrtschein gewirkt haben. Ab sofort war er häufiger von zu Hause fort. Ich konnte mir denken, wo er war.
Eines Tages wurde ich dann doch von einer Frau angesprochen. „Sie tun mir ja so Leid. Diese jungen Dinger machen aber auch wirklich vor keiner Ehe halt.“

Nach dieser Bemerkung fühlte ich mich, als ob mich ein Stromschlag getroffen hätte. Jetzt verlor ich also tatsächlich mein Gesicht in der Öffentlichkeit. War ich für die Leute etwa eine alte, abgelegte Ehefrau, die dumm vor sich her vegetiert? Ich beauftragte einen Privatdetektiv, den Namen und die Adresse meiner Nebenbuhlerin herauszufinden. Da mein widerlicher Mann sich keine Mühe mehr gab, sein Verhältnis verdeckt zu halten, war das nicht besonders schwer. Gekostet hat die Sache allerdings trotzdem einiges. Nun hielt ich also ihre Adresse in meinen zittrigen Händen. Ich beschloss, dieser Dame einen Besuch abzustatten.
Von wegen Dame! Eine junge, blonde Frau, ca. Mitte zwanzig, öffnete mir die Tür, als ich Sturm klingelte.
„Lassen Sie meinen Mann in Ruhe. Egal, was er Ihnen erzählt hat, ich lasse mich niemals von ihm scheiden", legte ich sofort los.
„Ihr Mann hatte wohl doch recht, als er behauptete, Sie seien eine alte, frigide Frau", lachte sie mich spöttisch aus. An ihrem Gesichtsausdruck konnte ich allerdings erkennen, dass sie über meinen Besuch erstaunt war. So viel Mut hatte sie mir wohl doch nicht zugetraut.
„Sabrina, bitte lassen Sie mir meinen Mann. Sie sind doch noch jung und haben das ganze Leben vor sich. Suchen Sie sich einen Mann, der nicht verheiratet ist. Wir sind jetzt so lange verheiratet, bitte zerstören Sie meine Ehe nicht", winselte ich vor meiner Nebenbuhlerin. Heute ärgere ich mich über meinen Anfall von Schwäche.
„Das kannste dir abschminken. Wir lieben uns! Niemals lasse ich Gero freiwillig gehen."
„Aber mein Mann ist doch viel zu alt für dich." Ich startete einen neuen, unbeholfenen Versuch, um sie zu überzeugen. Laut lachend knallte sie die Tür vor meiner Nase zu. Trotz meines Dauerklingelns öffnete sie nicht mehr. Heulend lief

ich zu meinem Auto und fuhr nach Hause. Wie ich den Weg geschafft habe, weiß ich nicht mehr.
„Wie konntest du nur so einen Blödsinn machen? Wenn du das noch einmal machst, verlasse ich dich auf der Stelle", schrie mein Mann, als er nach Hause kam. Ich heulte, versuchte ordentlich mit ihm zu reden, doch es nützte nichts. Als er aufstand, um zu ihr zu fahren, klammerte ich mich an seinem Bein fest und bettelte ihn an. Auch über diese Szene ärgere ich mich heute.
Nun saß ich alleine in dem leeren Haus und grübelte. Ich überlegte, wen ich anrufen könnte, um mein Leid loszuwerden. Mir fiel niemand ein. Ich fühlte mich einsam und verlassen. Zum ersten Mal seit vielen Jahren trank ich Alkohol, leider viel zu viel. Mein Verstand setzte aus. Trotz meines Rausches fuhr ich wieder zu dem Haus, in dem Sabrina wohnte. Ich klingelte, doch niemand öffnete. Geros Wagen stand vor der Tür. Wütend stand ich vor dem Auto und trat in die Tür, verbog die Scheibenwischer und versuchte, mit einer Nagelfeile die Reifen zu zerstechen. Gero kam in dieser Nacht nicht mehr nach Hause.
Wieder zu Hause, durchsuchte ich alles. Tatsächlich fand ich in seinem Telefonbüchlein ihre Handynummer. Ich rief an, sie nahm ab, legte aber sofort wieder auf, als sie meine Stimme hörte. Danach war das Handy abgestellt.
Ich überlegte hin und her. So kampflos würde dieses junge Ding meinen Mann nicht bekommen. Dann kam mir die Idee! Am nächsten Tag gab ich in einer Zeitung folgendes Inserat auf:

Jung, unerfahren, sexy …
Sabrina ist zu allen Schandtaten bereit.
Tel. ....

Als diese Anzeige erschien, ging eine Bombe hoch. Sabrina rief mich an und bedrohte mich, Gero ging sofort zum Anwalt und reichte die Scheidung ein. Vom Gericht wurde ich zu einer Geldstrafe verurteilt.
Bereut habe ich dieses Inserat trotzdem nicht.

Übrigens sind mittlerweile einige Jahre vergangen. Sabrina hat Gero wegen eines jüngeren Mannes verlassen. Hoffentlich spürt er jetzt, wie es ist, verlassen zu werden.

Wie du mir, so ich dir!

Eine Leserin der Zeitschrift „Frau von Heute“ wusste folgende amüsante Geschichte zu erzählen:

Als mein Mann eine Geliebte hatte, bekam ich sehr schnell heraus, dass sie ebenfalls verheiratet war. Mein Mann stritt immer alles ab, wenn ich ihn zur Rede stellen wollte. Ich würde Gespenster sehen, behauptete er lapidar. Einige Male versuchte ich ihn zu verfolgen, doch leider hatte er den schnelleren Wagen. Eines Tages wurde ich schlauer. Von einer Autovermietung lieh ich mir einen schnellen Flitzer. Der Vorteil bei der ganzen Sache war außerdem, dass ein ihm unbekanntes Kennzeichen an dem Fahrzeug war. Abends lauerte ich ihm auf. Wahrscheinlich dachte er, ich sei beim Sport und fühlte sich daher sicher. Es war gar nicht schwierig, ihn zu verfolgen. Diesmal raste er mir nicht davon, er konnte ja auch nicht ahnen, dass ich ihn verfolgen würde. Auf einem Supermarktparkplatz hielt er plötzlich, eine weibliche Person sprang zu ihm in den Wagen, und die Fahrt ging weiter.

Ich wunderte mich und überlegte, wohin er mit ihr fahren würde. Nach etwa einer halben Stunde bog er auf einen einsamen Waldparkplatz ab. Ich fuhr weiter, drehte nach einigen Kilometern allerdings wieder um. In der Nähe des Waldparkplatzes parkte ich. Mit angehaltenem Atem schlich ich an sein Auto heran. Was sich abspielte, war nicht zu überhören. Wütend riss ich die Tür auf, zwei erschrockene Gesichter glotzten mich an, mein Mann schrie sogar auf. Als ich die Frau sah, wäre mir ebenfalls beinahe ein Schreckensschrei entfahren. Unsere Nachbarin lag dort unter ihm. Monika heulte sofort los, ich riss an ihren Haaren,

vergaß dabei aber nicht, nach meinem Mann zu schlagen. Es dauerte einige Zeit, bis die beiden anfingen, sich zu wehren. Erst in diesem Augenblick ließ ich von ihnen ab.
Wütend fuhr ich zum Haus dieser besagten Nachbarin und klingelte. Wolfgang, ihr Mann, öffnete die Tür und sah mich verdutzt an.
„Monika ist nicht da“, kam es wie aus der Pistole geschossen. „Klar, die vögelt auch gerade mit Frank herum“, schimpfte ich los.
Wolfgang ließ mich herein und wir tauschten uns über die letzten Wochen aus. Anscheinend ging diese Affäre schon längere Zeit. Ich rechnete damit, dass Wolfgang ebenfalls ausrasten würde, doch er war eher hilflos.
„Was sollen wir denn jetzt machen?“ Wie ein Raubtier lief ich auf und ab. Ich glaube, wenn Monika und Frank in diesem Moment hereingekommen wären, hätte ich sie wieder verprügelt.
Wolfgang saß wie unter Schock auf dem Sofa. Er sagte nichts und starrte ins Leere.
„Wir müssen etwas unternehmen“, erinnerte ich ihn.
„Was?“
„Das geht doch so nicht! Denk doch mal an die Folgen. Ihr habt vor einigen Jahren dieses Haus gebaut, wir haben unseres gebaut. Wie soll es denn jetzt weitergehen? Kannst du das Haus alleine weiterbezahlen und dazu den Unterhalt? Unsere Häuser gehen über den Deister!“ Plötzlich dachte ich nur noch rein wirtschaftlich. Für mich war klar, dass ich mich von Frank trennen würde.
„Seit dem Hausbau lief es bei uns nicht mehr. Während der Bauzeit haben wir uns auseinander gelebt. Ich dachte immer, dass es besser würde, wenn das Haus erst einmal fertig ist. Leider war das ein Irrtum! Die ganzen letzten Monate haben wir in verschiedenen Zimmern geschlafen.

Beide hatten wir keinen Bock mehr aufeinander. Es musste ja eines Tages so kommen, hätte ich bloß dieses doofe Haus niemals gebaut." Endlich fing Wolfgang an zu sprechen. Seine Stimme klang gebrochen.
Wir warteten eine ganze Weile, doch die beiden Ehebrecher ließen sich nicht sehen. Auch wenn der Anlass nicht gerade schön war, öffneten wir eine Flasche Wein, eine zweite Flasche Wein, und als die dritte Flasche halb leer war, lag ich in Wolfgangs Armen. Meine Hemmschwelle war gleich Null. Ihm schien es auch nicht besser zu gehen. Ehe wir uns versahen, waren wir ausgezogen. Aufgrund des Alkohols kam es allerdings nicht zu mehr …
Es hätte eine schlechte Komödie werden können, denn als wir dort so lagen, stand Monika plötzlich mit aufgerissenen Augen vor uns. Die Situation war mir im ersten Moment gar nicht so bewusst, ich schimpfte sofort los.
„Selber Schlampe", schrie sie, bevor sie die Tür knallend das Haus verließ.

Es klingt wirklich wie in einem schlechten Film. Heute lebe ich mit Wolfgang zusammen, und Monika ist zu Frank hinüber gezogen. Obwohl wir Nachbarn sind und alle gleichviel verloren und gewonnen haben, sprechen wir kein Wort miteinander. Zu groß ist das Misstrauen.

Der fliegende Arzt

Eine Arztfrau aus Rostock erzählte folgende Geschichte:

Als Frauenarzt war mein Ex-Mann nicht nur erfolgreich, sondern bei den Damen auch äußerst beliebt. Seit acht Jahren waren wir verheiratet, und einige Male war bei mir der Verdacht aufgekommen, dass er mich betrog, doch hatte ich ihm nie etwas beweisen können. Ich war nicht besonders eifersüchtig gewesen, beide hatten wir unsere Freiheit. Mein Mann war begeisterter Segler, besaß sogar ein eigenes Boot. Ich hingegen spielte leidenschaftlich gerne Tennis. Treue war für mich selbstverständlich, auch wenn es mir an Angeboten anderer Männer nicht fehlte.

Eines Tages hatte ich einen Tipp aus dem Tennisverein bekommen. Bernhard, ein abgewiesener Verehrer, erzählte mir ganz nebenbei, dass er mein prüdes Verhalten nicht verstehen könne, zumal mein Mann doch längst eine Geliebte hätte. Ich war völlig baff. Damit hatte ich nicht gerechnet. Wütend wies ich Bernhard in seine Schranken. Ich war mir sicher, dass mein Uwe mich eher nicht betrügen würde.
Trotzdem beschloss ich, in Zukunft die Augen offen zu halten. Heimlich durchsuchte ich seinen Wagen und fand dort tatsächlich Haare, die weder zu ihm noch zu mir gehörten. Der Gurt roch nach einem fremden Parfüm. Ich wurde immer misstrauischer, heimlich befragte ich Uwes Sprechstundenhilfe, aber die bekam nur einen roten Kopf und weigerte sich, etwas zu sagen. Das Verhalten der Frau war eindeutig. Sie wusste etwas, hielt aber zu ihrem Chef. Diese Tatsache konnte ich ihr nicht verübeln. Angestrengt

überlegte ich und ließ mir die letzten Wochen durch den Kopf gehen. Uwe hatte sein Verhalten mir gegenüber nicht verändert, war immer freundlich.

Ich durchsuchte unser Haus nach verräterischen Spuren, fand aber nichts. Wir hatten bereits seit einigen Jahren getrennte Schlafzimmer, weil mein Mann meinte, dass das gesünder sei. Das einzige, was mich stutzig machte, war ein Schlafmittel in seiner Nachttischschublade. Seit wann hatte er Schlafschwierigkeiten? Das war eine Neuigkeit. Trotzdem nahm ich mir vor, ihn nicht darauf anzusprechen. Er sollte nicht merken, dass ich herumgeschnüffelt hatte. Ich grübelte und versuchte, aus den ganzen Informationen ein Puzzle zusammenzusetzen. Hatte sich in den letzten Wochen wirklich nichts verändert? Doch! Es fiel mir wie Schuppen von den Augen! Die letzten Sonntagabende war ich immer sehr früh eingeschlafen. Normalerweise sah ich gerne noch den Tatort auf dem Ersten, doch in letzter Zeit schlief ich schon kurz nach Beginn des Films ein. Ich hatte mich schon einige Male darüber gewundert. Schließlich war der Sonntag mein Faulenzertag, und trotzdem war ich so müde. Ob Uwe mir dieses Schlafmittel gab? Ich wurde misstrauisch. Wir tranken jeden Sonntag vor dem Fernseher einen Longdrink, Wodka-Orange. Die letzten Male bin ich sogar montags morgens auf dem Sofa aufgewacht. Uwe hatte mich ganz lieb zugedeckt.

Während ich so überlegte, war ich zwischen Spinnerei und Wahrheit hin und her gerissen. Ging meine Fantasie mit mir durch, oder war an diesem Verdacht etwas dran? Ich zählte die Schlaftabletten und nahm mir vor, am Montag noch einmal zu zählen. Wenn dann eine fehlen sollte, war die Sache für mich klar.

Der nächste Sonntag war wie jeder Sonntag. Ich kuschelte mich schön auf das Sofa und Uwe bereitete den Wodka-Orange zu. Mit einem freundlichen Lächeln auf den Lippen reichte er mir das Glas. Es fiel mir diesmal wahnsinnig schwer, etwas davon zu trinken, ich bildete mir sogar ein, dass der Wodka diesmal anders schmecken würde.
„Ist etwas nicht in Ordnung? Du ziehst so ein komisches Gesicht", fragte Uwe mich mit einem skeptischen Gesichtsausdruck.
„Ach Quatsch, das bildest du dir nur ein", beruhigte ich ihn.
Unser Sonntagabendkrimi fing an und wir konzentrierten uns auf den Film. Meine Augenlider wurden schwer, und ich kämpfte gegen die Müdigkeit an. Schließlich wollte ich erfahren, wer der Mörder war. Blöderweise schlief ich wieder mitten im Film ein. Diesmal war mir allerdings nicht entgangen, dass Uwe mich musterte.

Am nächsten Morgen wachte ich gegen sieben Uhr auf. Uwe war schon in der Küche und machte Frühstück. Ich stellte mich schlafend, hatte keine Lust, mit ihm zu sprechen. Nachdem er das Haus verlassen hatte, stürmte ich in sein Schlafzimmer und riss die Nachttischschublade auf. Ich zählte die Schlaftabletten nach: Zwei fehlten. Jetzt wurde ich wütend und bekam eine Mordslust, ihm etwas anzutun. Er sollte nicht so ungeschoren davonkommen.
Am nächsten Sonntag zählte ich wieder seine Schlaftabletten. Es war die gleiche Anzahl wie bei der letzten Zählung. Am Sonntagmorgen schrieb ich mir die Kilometerzahl von seinem Wagen auf. Ich wollte wissen, ob er das Haus verließ, wenn ich im Tablettenrausch schlief. Sonntagabend wieder die gleiche Zeremonie: Krimi gucken – Longdrink trinken – einschlafen. Nachdem Uwe am nächsten Morgen endlich

das Haus verlassen hatte, stürmte ich in sein Schlafzimmer, um festzustellen, dass wieder zwei Tabletten fehlten. Den Tachostand an seinem Wagen hatte ich heimlich in aller Frühe abgelesen. Tatsächlich war er am Abend zuvor noch fast 40 Kilometer gefahren. Er verließ also das Haus, nachdem er mich eingeschläfert hatte. Ich schwor bittere Rache und überlegte die darauf folgende Woche angestrengt, wie ich ihm am besten schaden könnte. Freitags hatte ich endlich einen tollen Einfall! Zu unserem Haus führte eine Treppe mit neun Stufen. Vor der Tür befand sich ein großzügiges Podest. Ich fuhr in den nahe gelegenen Baumarkt und besorgte mir eine Rolle mit feinem Draht.

Am Sonntagabend saß ich endlich mit klopfendem Herzen auf dem Sofa.
„Ach, ich hab mein Handy im Auto liegen lassen. Ich werde es eben reinholen." Mit diesen Worten sprang ich vom Sofa hoch und eilte nach draußen. Das Handy befand sich in Wirklichkeit in meiner Hosentasche.
„Ich werde uns schon mal etwas Leckeres zu trinken machen", rief Uwe mir noch hinterher.
Draußen an der Treppe begann ich sofort mit meiner Arbeit. Ich befestigte den Draht zwischen dem rechten und linken Treppengeländer und baute somit Fallschnüre. Die Entfernung zum Boden betrug etwa 15 Zentimeter. Sicherheitshalber befestigte ich noch eine zweite Fallschnur. Schnell ging ich wieder ins Haus.
„Das hat aber gedauert", stellte Uwe fest.
„Ich musste auch erst einmal suchen", antwortete ich knapp. Angeekelt schaute ich auf meinen Wodka-Orange. Heimlich drückte ich die Wiederwahltaste meines Handys. Unsere Telefonnummer hatte ich dort schon vorher eingegeben. Es klingelte.

„Wer ruft denn jetzt noch an?“, schimpfte Uwe genervt und bewegte sich Richtung Flur. Dort lag das Telefon, dafür hatte ich gesorgt. Blitzschnell tauschte ich das Wodkaglas gegen ein anderes aus, das ich mittags schon unter dem Sofa versteckt hatte. Mein Handy stellte ich aus.
„So ein Idiot. Hat aufgelegt!“ Uwe meckerte, als er sich wieder in seinen Sessel fallen ließ. Ich trank meinen Longdrink und konzentrierte mich auf das Fernsehprogramm. Heute wurde ich nicht müde, also war mein Verdacht berechtigt. Trotzdem täuschte ich irgendwann Müdigkeit vor, gähnte, ließ die Augen einige Male zufallen, um sie scheinbar mit Mühe wieder zu öffnen. Dann spielte ich endgültig die Schlafende. Uwe wartete einige Minuten und griff zum Telefon.
„Hallo. Meine Alte ist eingeschlafen. Schläft Herbert auch?“
Ich musste mich bemühen, nicht laut loszuschreien.
„Wir treffen uns am Hafen. Freue mich auf dich. Mein kleiner Freund kann es auch kaum noch abwarten, deine kleine Freundin zu treffen.“
Ein Kotzgefühl stieg in mir hoch. Uwe hätte es niemals gewagt, so vulgär mit mir zu reden. Mit aller Gewalt zwang ich mich, ruhig zu bleiben.

Achtlos warf mein Mann mir eine Decke über und eilte aus dem Haus. Es dauerte noch nicht einmal eine Minute, bis ich einen gellenden Schrei von draußen hörte. Ich sprang vom Sofa, schlüpfte in meine Schuhe und rannte nach draußen. Mit blutendem Gesicht lag mein Mann unten vor der Steintreppe. Er war tatsächlich über meine Fallschnüre gefallen. Wutentbrannt schnappte ich seinen Autoschlüssel, der etwa einen Meter von ihm entfernt lag, und jagte mit seinem Wagen los, Richtung Hafen. Mit meinem Mann hatte ich abgeschlossen. Ich wollte nur noch wissen, mit welcher Frau er mich betrog. Am Hafen erwartete mich der nächste Schrecken. Im Scheinwerferlicht erkannte ich Frau Groscher. Die Frau von Richter Groscher. Herbert Groscher! Sie war eine Patientin von meinem Mann. Niemals werde ich ihr dummes Gesicht vergessen, als ich die Seitenscheibe herunterließ und ihr ein paar passende Worte sagte. Danach fuhr ich sofort wieder nach Hause.

Mein Mann hatte großes Glück, er hatte sich keine Knochen gebrochen, allerdings war er ziemlich ramponiert. Vertrauen konnten wir uns nie wieder, wir sind heute geschieden. Richter Groscher ist übrigens mittlerweile auch von seiner feinen Gattin geschieden. Vielleicht treffe ich mich ja mal mit ihm.

Guten Appetit

Wie eine eifersüchtige Frau sich plötzlich zur Gourmetköchin entwickelt.

Werner war schlau. Ich wusste ganz genau, dass er mich betrog, doch irgendwie konnte ich es ihm nie beweisen. Dauernd kontrollierte ich ihn, sein Handy, unsere Telefonrechnungen und alles andere, was mir verdächtig erschien. Nicht selten fuhr ich ihm heimlich hinterher.
Eines Tages fand ich in seiner Brieftasche eine Visitenkarte. **SABINES SCHLEMMERECKE** stand darauf. Ich wunderte mich. Warum trug er diese Karte bei sich? Wer war Sabine? Wahrscheinlich mal wieder eine Nebenbuhlerin. Ich musste sie ausschalten! Ein Anruf sollte genügen, ich rief dort an und schrie ins Telefon.
„Lassen Sie meinen Mann in Ruhe.“ Erleichtert wollte ich auflegen, hörte am anderen Ende allerdings noch albernes Gegacker. Das brachte mich nun richtig in Rage. So eine bodenlose Frechheit.
In der nächsten Zeit fuhr ich laufend an dieser Drecksimbissbude vorbei. Tatsächlich sah ich zweimal den Wagen von Werner dort stehen. Am liebsten wäre ich ausgestiegen und hätte ihm eine Szene gemacht, doch dazu war ich schließlich doch zu feige.
Werner war von meinen Kochkünsten nie wirklich begeistert gewesen. Oft hatte er an meinem Essen etwas auszusetzen. Die Tatsache, dass diese Frau anscheinend besser kochen konnte, machte mich fast verrückt. Das wollte ich ihm heimzahlen!
Ich fuhr in den nächsten Supermarkt und kaufte eine große Dose Hundefutter sowie einige andere Zutaten. Zu

Hause angekommen, machte ich mich sofort ans Werk. Ich kochte Reis, erwärmte das Hundefutter, verfeinerte es mit Weißwein, Kräutern und Gewürzen. Dann zauberte ich einen perfekten Reisrand und füllte das Hundefutter hinein. Mit einem frischen Zweig Petersilie dekorierte ich mein Werk.

Ich hörte, wie sich der Schüssel in der Haustür drehte, mein Mann kam endlich heim.

„Essen ist fertig."

Bei diesen Worten setzte sich der Vielfraß mit einem erwartungsfrohen Gesicht an den Tisch. Ich stellte ihm den Teller vor die Nase.

„Hm, das riecht aber gut. Möchtest du nichts essen? Diese Riesenportion würde auch für uns beide reichen." Werner schob mir den Teller zu.

„Nein danke, ich habe heute keinen Hunger", wehrte ich ab. Werner fing an zu essen und lobte mich sogar für meine gute Küche. Zärtlich tätschelte er meine Wange.

„Du brauchst gar nicht rot zu werden, dieses Essen ist dir wirklich einmalig gut gelungen", lobte er mich aufrichtig.

„Wer ist SABINES SCHLEMMERECK?" Ich konnte nun nicht mehr an mich halten.

„Mein lieber Schatz, meine Zauberköchin! Dieser kleine Imbiss gehört Frau Seetze, sie ist eine Kundin von mir. Vor einiger Zeit habe ich eine neue Registrierkasse in ihrem Laden eingerichtet, aber die Dame ist schon älter und kommt mit der Technik von heute nicht klar. Zurzeit bin ich wöchentlich dort, um irgendwelche Fehler zu beheben. Na ja, sie ist bestimmt schon über 60, sie versteht das Kassensystem einfach nicht. Ich werde ihr nächste Woche wohl ein einfacheres Modell hinstellen. Im Übrigen hast du keinen Grund zu dieser ständigen Eifersucht, ich habe dich noch nie betrogen – im Gegensatz zu dir …"

Werner hatte Recht. Vor einigen Jahren hatte ich ihn während eines Spanienurlaubs tatsächlich betrogen. Ein schlechtes Gewissen stieg in mir hoch. Was sollte ich nun machen? Die Sache mit dem Hundefutter durfte er auf gar keinen Fall erfahren, die Dose musste auf Nimmerwiedersehen verschwinden. Eigentlich hatte ich sie ihm nach dem Essen präsentieren wollen.
Werner hat tatsächlich bis zum heutigen Tage nichts von dem Hundefutter-Anschlag erfahren. Eifersüchtig bin ich aber immer noch, das wird sich wohl niemals ändern.

Zum Schluss noch ein paar kleine Leckerbissen von einigen Leserinnen der Zeitschrift „Frau von Heute“:

Herr und Frau Pavian

Frau May hatte die folgende lustige Geschichte zu erzählen:

Um jederzeit ein nettes Schäferstündchen halten zu können, hatte der Exfreund meiner Tochter auf seiner Rückbank im Auto immer eine „Kuscheldecke“ liegen. Einige Indizien hatten meine Tochter darauf aufmerksam gemacht, dass sie nicht die einzige Frau war, mit der er diese Decke teilte. Eines Tages hatte sie dann eine tolle Idee! Sie kippte einfach rotes Färbepulver für Wäsche auf die besagte Decke. Der Erfolg ließ nicht lange auf sich warten. Nach dem nächsten heimlichen Schäferstündchen beendete meine Tochter die Beziehung. Diesmal hatte sein roter Hintern ihn verraten.

Dass fremde Frauen so stinken können!

So muss der Mann von Frau Glockner gedacht haben.

Mein Mann war in der französischen Armee und in Deutschland stationiert. Wir wollten heiraten, doch die Genehmigungen, die wir dafür brauchten, ließen einige Jahre auf sich warten. Vor 45 Jahren war in dieser Beziehung eben alles ein bisschen langsamer. Zu gesellschaftlichen Anlässen wurde mein Mann daher immer alleine eingeladen. Schließlich gehörte es sich nicht, dass ich als unverheiratete Frau an seiner Seite war. Über diese Tatsache war ich immer sehr wütend und auch eifersüchtig, nicht zuletzt, weil bei diesen Feiern auch andere Frauen anwesend waren. Aus diesem Grund steckte ich ihm eines Tages eine dünne Scheibe von dem schrecklichsten Stinkekäse in die Jackettinnentasche. Als er auf dem Fest mit der ersten Dame tanzte, wurde der Käse langsam warm und fing an zu riechen. Mein Mann dachte, dass seine Tanzpartnerin so streng riechen würde und war froh, als der Tanz endlich vorbei war. Erst nach dem dritten Tanz bemerkte er, dass nicht die Frauen, sondern er so streng roch. Der Abend war für ihn gelaufen.

Ein anderes Mal schnitt ich heimlich die Nähte am Hinterteil seiner Hose an. Als er sich auf einen Barhocker setzen wollte, riss ihm hinten die ganze Hose. Auch an diesem Abend war er früh zu Hause.

Deutschlands ärmster Rechtsanwalt

Frau Bischoff hat heute den Mann ihres Lebens gefunden und ist sehr glücklich mit ihm. Aus ihrer nicht so schönen ersten Ehe weiß sie Folgendes zu berichten:

Jahrelang lebte ich mit meinem Mann in Tschechien. Wir waren immerhin schon 18 Jahre verheiratet und ich fiel aus allen Wolken, als ich eines Tages erfuhr, dass er sich eine 22 Jahre jüngere Geliebte genommen hatte. Diese Geliebte betrieb in einer Klinik einen kleinen Fußpflegesalon. Mit Hilfe einer Freundin schrieb ich in Tschechisch folgenden Brief und hängte ihn dort ans schwarze Brett:

LIEBE FRAU PRAWDA!

ICH DANKE IHNEN, DASS SIE MIR DIESEN FEINEN HERRN ABGENOMMEN HABEN. ZU EINER FEINEN DAME GEHÖRT AUCH EIN EBENSO FEINER HERR. ICH WEISS, DASS SIE SICHERLICH HOFFEN, ER WÜRDE SIE HEIRATEN. SOLLTE DIES NICHT KLAPPEN, EINE FRAU WIE SIE FINDET DOCH AN JEDER STRASSENECKE NEUE ARBEIT.

DANKE NOCHMALS
G. BISCHOFF

Dieser offene Brief schlug damals wie eine Bombe ein. Von meinem Mann bin ich geschieden. Wir leben wieder in Deutschland. Können Sie sich vorstellen, dass er als Rechtsanwalt nur 250 € verdient? Wenigstens kann er davon anscheinend einen Luxusschlitten bezahlen. Den fährt er nämlich. Unterhalt bekomme ich keinen Cent!

Rheumasalbe hilft nicht nur gegen Rheuma, sondern auch gegen untreue Männer

Eine Krankenschwester aus Stuttgart erzählt eine schmerzhafte Geschichte:

Mein Mann hielt seine Liebschaften nie geheim. Für ihn war das normal, zumal seiner Meinung nach ein Mann nicht nur für eine Frau geboren war. Von mir verlangte er allerdings absolute Treue, was mir auch nicht schwer fiel, denn ich liebte meinen Mann. Schon einige Male hatte er mich mit Pilzerkrankungen angesteckt. „Nimm doch wenigstens ein Kondom, du altes Ferkel", schimpfte ich jedes Mal. Seiner Meinung nach war der Spaß am Sex durch ein Kondom weg.

Eines Tages war es wieder so weit. Er hatte sich irgendwo angesteckt und jammerte jetzt über Brennen beim Wasserlassen und ständigen Juckreiz. Zum Arzt wollte er diesmal nicht, die Belehrungen, die ihn bei seinem Doc erwarteten, wollte er nicht wieder über sich ergehen lassen.

„Kannst du nicht irgendetwas aus der Klinik mitbringen?" Er bettelte mich wie ein kleiner Junge an. Ich hatte langsam die Nase voll. Mit seinen Frauengeschichten brachte er auch mich in Gefahr. Das nahm er einfach billigend in Kauf.

Ich beschloss, ihm einen Denkzettel zu verpassen. Diese Rache sollte er so schnell nicht vergessen.

„Komm ins Bad, ich hab hier Medizin für dich", forderte ich ihn eiskalt auf. Meine Hände steckten in Gummihandschuhen, die Salbe hatte ich bereits in der einen Hand. Bereitwillig zog er die Hose hinunter. Ich hätte kotzen können. Widerwillig ging ich ans Werk und cremte sein bestes

Stück ein. Auch den Hoden ließ ich nicht aus.
„Könnte jetzt geil werden", grunzte er in seiner primitiven Art.
„Warte mal ab, bis es richtig wirkt", riet ich ihm.
„Komisch, wird ganz warm, nein, es wird heiß, es brennt! Was ist das für eine Scheiße?" Mein Mann schrie mich an, mich ließ das kalt.
„Rheumasalbe, mein Lieber, Rheumasalbe."

Nachwort

Von der Seele geschrieben:

Wie oft wurden wir schon betrogen? Wie oft waren wir diejenigen, die betrogen haben? Damit meine ich nicht unbedingt den Betrug an dem eigenen Mann. Nein! Haben wir vielleicht auch einmal einen Freund oder Mann geliebt, der eigentlich liiert war? Wie hat seine Frau sich gefühlt? Auch wenn es mir schwer fällt, darüber zu schreiben: Ich war auch schon einmal die Geliebte.
Oft habe ich innerlich das Weinen der anderen Frau gehört. Ihre Wutausbrüche konnte ich nur zu gut verstehen. Trotzdem war ich lange Zeit nicht in der Lage, mich von diesem Mann zu trennen. Es nützte aber nichts, wir wären alle drei an diesem Verhältnis zugrunde gegangen. Irgendwann siegte mein Verstand und ich hielt meine Gefühle unter Kontrolle. Geblieben ist eine wunderbare Freundschaft, die niemand zerstören kann, auch wenn wir uns mal streiten.

Eifersucht ist sehr facettenreich. Männer trösten sich schnell mit einer neuen Partnerin. Eine Frau leidet meist still, doch manchmal nimmt das Leiden auch Formen an, wie sie in den vorhergegangenen Geschichten beschrieben wurden. Die meisten Erzählerinnen fühlten sich nach einer Attacke gegen den Ex erst einmal erleichtert. Diese Erleichterung hielt aber immer nur kurze Zeit an.

Wegen der Unterstützung durch die Presse bekam ich während der Arbeit an diesem Buch viele Anrufe von betrogenen Frauen. Viele baten mich um Tipps, wie sie ihrem Ex richtig schaden könnten. Ich habe keinen Tipp gegeben, habe vielmehr versucht, den Frauen zu helfen. Mit einigen habe ich mich sogar getroffen. Zu gut konnte ich ihren Schmerz verstehen, und lange Gespräche taten ihnen einfach gut. Ich bin keine Psychologin, doch aus eigener Erfahrung weiß ich, was vielleicht etwas Leid nehmen kann.

Nachdem mein Ex damals weg war, habe ich fast drei Jahre, um es genau zu sagen zwei Jahre und 362 Tage, keine Nacht mehr durchgeschlafen. Immer wieder wachte ich auf und hatte die grausamsten Gedanken.

Nach dieser schlimmen Zeit lernte ich einen Mann kennen, der leider verheiratet war. Diesem Mann bin ich heute noch sehr dankbar, er hat mir mein Leben zurückgegeben. Durch ihn wurde ich wieder aktiv. Während meiner Trauerzeit ging ich nie aus, ich ging höchstens zum Angeln. Ich hatte nämlich meinen Angelschein gemacht und fuhr mit meinen Kindern oft ans Wasser. Meine Kinder tun mir heute oftmals sehr Leid. Wie lange hatten sie eine apathische Mutter, für die das Leben nur noch eine Qual war? Wir haben viel verpasst.

In dieser Zeit fing ich an zu schreiben. Mein erstes Buch war ein Kinderbuch, dann folgten das nächste und das nächste … Schreiben half mir sehr.

Ich nahm mir vor, nie wieder in die Kloschüssel zu greifen, was Männer angeht. Es passierte trotzdem. Nach meiner

Beziehung mit dem verheirateten Mann war ich noch einmal anderthalb Jahre lang liiert. Ich war so verliebt, dass ich ihn sogar heiraten wollte, als er mich danach fragte. Leider, oder Gott sei Dank, behandelte dieser Mann mich im Laufe der Zeit immer schlechter, und eines Tages setzte ich ihn einfach vor die Tür! Gott sei Dank! Wenn wir verheiratet gewesen wären, hätte ich wahrscheinlich noch Unterhalt für ihn zahlen müssen. Mir tat diese Trennung sehr weh, doch viele Freunde und mein Verstand sagten mir, dass es unumgänglich war. Er hätte mich kaputt gemacht. Trotzdem war es schade! So wie ich ihn am Anfang kennen gelernt hatte, war er ein klasse Mann. Leider war er auch ein klasse Schauspieler oder auch Blender. Meine Liebe zu ihm war ehrlich, aber leider einseitig …

Liebe Leserinnen! Wenn eine Beziehung kaputt geht, kann oftmals niemand mehr helfen. Man fängt an, den Ex zu glorifizieren. Plötzlich sieht man nur noch seine guten Seiten, die schlechten übersieht man tunlichst. Das ist falsch! Denken Sie doch einfach mal darüber nach, dass Sie jetzt die Möglichkeit haben, einen viel besseren Mann kennen zu lernen. Glauben Sie mir! Fehler, die Sie in der letzten Beziehung gemacht haben, werden Sie mit großer Wahrscheinlichkeit nicht wiederholen.

Früher haben die Menschen geheiratet und blieben meistens ein Leben lang zusammen, heute trennen sich Paare schon bei Kleinigkeiten. Eine Scheidung ist gesellschaftlich keine Schande mehr. Paare, die 30 Jahre oder länger zusammen sind, werden eher schief angeguckt, vielleicht aber auch heimlich beneidet.
Die meisten Männer probieren gerne viele Partnerinnen aus. In der Gesellschaft gelten sie oftmals als tolle Hechte oder

geile Typen. Eine Frau, die gerne ausprobiert, wird sofort als Hure abgestempelt. Auch wenn sie einige Male einfach Pech mit ihren Partnern hatte, trägt sie ein Makel mit sich. Passen Sie auf, wenn Ihr Partner über Ihre Vorgängerinnen schlecht redet. Er wird es auch irgendwann auch über Sie! Geben Sie zu solchen Gesprächen niemals einen Kommentar ab, Sie würden es später sicherlich bereuen!
Was hilft gegen die Trauer, wenn man einen Partner verloren hat? Schreiben Sie ihm einfach einen Brief! Erleichtern Sie Ihre Seele. Diesen Brief müssen Sie nicht abschicken, aber oftmals sind Leiden, die man niedergeschrieben hat, leichter zu ertragen. Vergraben Sie sich nicht! Ich habe drei wertvolle Jahre meines Lebens verloren – das würde mir heute nicht mehr passieren. Der liebe Gott hat mir liebe Freundinnen geschickt, mit denen ich über alles sprechen kann. Wahre Freunde erkennt man in Notsituationen. Nagende Eifersucht ist eine solche Situation.
Eifersüchtige Frauen werden oftmals belächelt, ihre Probleme „nerven". Als Betroffene hat man nur noch das eine Thema – den Ex.
Was passiert wohl mit den Frauen, die ihrem Ex nachhaltig geschadet haben? Sie werden niemals mit ihm gemeinsam darüber lachen können, auch wenn die Zeit alle Wunden heilt. Diese Wunden werden ewig bluten. Bei der Rache am Ex sollte man sich genau überlegen, ob es sich nur um einen Streich handelt, oder um eine Tat, die das ganze Leben verändert.
Wenn man von einem Mann betrogen wurde, sieht man oft die Existenzberechtigung dieses Mannes nicht mehr. Die meisten Frauen würden am liebsten alle nachfolgenden Partnerinnen vor diesem Ungeheuer warnen. Aber hätten Sie damals auf Warnungen gehört, als Sie noch in ihn verliebt waren? Genauso wird es Ihrer Nachfolgerin gehen.

Wenn sie ihn wirklich liebt, werden alle Warnungen, alle schlechten Erfahrungen, die Sie gemacht haben, vom Winde verweht. Sie werden nicht fruchten.
Denken Sie nur noch an sich! Helfen Sie sich selbst! Notfalls schreiben Sie alle schlechten Erfahrungen, die Sie mit ihm gemacht haben, auf. Seien Sie nicht mehr für ihn da! Sie sind die wichtigste Person und nicht er. Denken Sie nicht darüber nach, was er wohl gerade machen könnte. Es ist nicht wichtig! Ist doch egal, ob er gerade mit seiner Neuen schläft oder eine Autopanne hat. Sein Leben geht Sie nichts mehr an! Denken Sie nur noch an sich selbst! Manchmal hilft auch eine kleine Luftveränderung. Besuchen Sie einfach liebe Menschen, die weit weg wohnen. Wahrscheinlich kennen die Ihren Ex gar nicht und er ist gar kein Gesprächsthema. Meiden Sie Menschen, die Ihnen Neuigkeiten vom Verflossenen zutragen. Oftmals handelt es sich nur um Brunnenvergifter, die sich daran weiden, wenn Sie zugrunde gehen.
Versuchen Sie nicht, ihn zurückzugewinnen, wenn die Situation aussichtslos ist. Während meines Buchprojektes habe ich mit vielen Männern gesprochen, die aus einer Partnerschaft ausgebrochen sind. Nichts ist abstoßender als eine aufdringliche Exfrau! Die Zeit läuft für Sie, nicht gegen Sie! Vertrauen Sie mir …

Frischfleisch

Erotik-Krimi

Inhalt

Als junges Mädchen wird Lena im Milieu missbraucht. Sie kommt aus dem Teufelskreis nicht mehr heraus, bis eines Tages ihre Mutter stirbt. Lena ist mittlerweile eine junge Frau. Sie beschließt, die Flucht nach vorne zu wagen, taucht aus ihrem alten Leben ab.
Reiche Männer ziehen sie magisch an, sie heiratet und tötet ihre Ehemänner immer wieder auf raffinierte Weise. Dabei kommt die Erotik nicht zu kurz.

Das neue Buch „Frischfleisch“ von Anja Westermann-Taddigs wird im Herbst 2006 erscheinen.

Hier ein kleiner Auszug:

...

„Dieser Scheißkerl“, schrie ihre Mutter von Sinnen. Wieder einmal hatte ein Mann die beiden verlassen. Lena dachte nach. Kein Mann würde so etwas mit ihr machen dürfen. Ausgeschlossen!
„Ich hätte ihn einfach umbringen sollen, als es noch möglich war“, fluchte die wütende Frau weiter.
Umbringen, einfach umbringen, dachte sich das verstörte Kind. Wenn man einfach so umbringen kann, dann ist es gar nicht so schlimm.
„Hätte ihm nachts einfach heimlich mein Insulin spritzen sollen. Dann hätte er seine verlogenen Augen nie wieder aufgemacht.“ Lenas Mutter war Diabetikerin und spritzte sich mehrmals am Tag das besagte Insulin.
Wütend riss sie sein eingerahmtes Foto von der Kommode, warf es auf den Boden und trampelte mit Wutschreien darauf herum.
„Nun ist der Hans auch wieder weg.“ Lena dachte laut nach, ließ ihre Gedanken einfach in die Ferne schweifen. 14 Jahre war sie alt. Obwohl sie schon älter aussah, war sie immer noch wie ein kleines Kind. Auf diese Weise wollte das Mädchen sich die Liebe holen, die es für gewöhnlich nicht bekam. Eine schallende Ohrfeige holte sie in die Wirklichkeit zurück. Ihre Wange brannte, entsetzt sah sie ihre Mutter an. Mit rot geränderten Augen starrte ihre Mutter sie verhasst an. Wie immer gab sie ihrer Tochter die Schuld, wenn ihr mal wieder ein Mann wegrannte. In

Wirklichkeit soff sie zu viel und überraschte ihre Partner immer wieder mit cholerischen Anfällen, trotzdem war sie gewöhnlich nie lange alleine. Lenas Mutter war mit ihren fast 40 Jahren eine äußerst attraktive Frau.
Das Mädchen fasste sich entsetzt an die brennende Wange.
„Deinetwegen ist der Hans weg, hörst du! Nur deinetwegen. Hätte ich bloß niemals ein Kind bekommen. Alles machst du mir kaputt, du bist an allem schuld", kreischte die wild gewordene Frau abermals. Erst jetzt bemerkte Lena die Alkoholfahne. Es war wieder so weit. Gewöhnlich dauerte diese Saufeskapade bis zum nächsten Tag, dann lag ihre Mutter im abgedunkelten Schlafzimmer, nicht selten lag Erbrochenes neben ihrem Bett. Lena wusste, dass sie diese Nacht auf jeden Fall nicht in der Wohnung verbringen konnte. Es war zu gefährlich. In diesem Zustand konnte sie ihrer Mutter einfach nicht über den Weg trauen. Nur wohin sollte sie flüchten? Egal, ängstlich hetzte sie aus der Wohnung, die Treppe hinab.
„Na, Kleine, ist es mal wieder so weit?" Herr Tillmann, der Hausmeister, rief ihr leicht spöttisch hinterher. Er konnte die Alleinerziehende aus dem zweiten Stock nicht leiden.
Oben knallte Lenas Mutter die Tür zu.
„He, he, du blöde Kuh haust mir die Tür kaputt", brüllte Tillmann die Treppe hinauf.
Als Lena die Haustür hinter sich geschlossen hatte, fasste sie sich an den Hals. Verdammt, sie hatte den Schlüssel vergessen. Nun würde sie die Nacht wieder einmal auf der Straße verbringen müssen. Leichter Nieselregen fiel auf ihr blondes Haar. Sie sah aus wie ein weinender Engel, klein und zerbrechlich. Noch nicht einmal eine wärmende Jacke hatte sie dabei. Einen kurzen Moment stand sie unentschlossen vor dem Klingelknopf, ihr Zeigefinger wollte drücken, doch im letzten Moment schreckte sie zurück. Lieber nicht.

Sie hatte noch nicht einmal eine Freundin, die ihr Unterschlupf gewähren würde. Je mehr sie über ihre Situation nachdachte, desto mehr fiel sie in ein tiefes Loch. Mit hängenden Schultern lief sie los, ohne Ziel.
Erst als sie sich mitten im Vergnügungsviertel der großen Stadt befand, kam sie langsam auf andere Gedanken.
„Hey, Lolita", rief einer der Türsteher vor einer Striptease-Bar.
Angewidert lief sie einen Schritt schneller.
„Warte doch mal." Mit flinken Schritten hatte der Mann sie eingeholt.
Sein Kennerblick hatte ihm verraten, dass die Kleine hier einfach nicht hergehörte. Er musterte sie von oben bis unten. Ein zitterndes Etwas stand im Nieselregen vor ihm. Eine knackige Brust zeichnete sich ganz deutlich unter dem nassen Pullover ab. Ein so wichtiges Kriterium entging ihm niemals.
„Komm, ich lade dich ein." Vorsichtig umarmte er das verängstigte Mädchen. Der Duft eines tollen Parfüms stieg in ihre Nase. Ein Mensch, der so gut riecht, konnte doch nicht schlecht sein. Diese Naivität würde sie schmerzhaft büßen müssen.
Willenlos ließ sie sich in die Bar bringen.
„Ich heiße Igor", stellte sich der Unbekannte mit gespielter Freundlichkeit vor.
„Lena", antwortete sie knapp. Die ungewöhnliche Umgebung lenkte das Mädchen ab.
„Hast du dir ´ne Geisel aus dem Kindergarten genommen?", lachte eine grell geschminkte Frau, und andere Frauen stimmten ein.
„Schnauze, du Schlampe", raunzte Igor sie an.
Der Raum war dunkel. Rotes Licht sorgte für eine schummerige Atmosphäre. Ein großer Fernseher zeigte Pornofilme.

Lena versuchte unauffällig hinzuschauen. An der Bar saßen einige Frauen, verächtlich sahen sie Igor an. Dieser kniff warnend die Augen zusammen.
„Pah“, zischte eine halbnackte Rothaarige und rempelte das verängstigte Mädchen an. Igor belohnte ihre Tat mit einem Fausthieb gegen den Hinterkopf, hier konnte man wenigstens keine blauen Flecken sehen. Wütend rieb die Frau sich den Kopf, bevor sie wieder in der Dunkelheit verschwand. Für einen Moment dachte Lena daran, das Lokal fluchtartig zu verlassen, doch sie hätte ohnehin nicht gewusst wohin. Igor schob sie sacht zu einer Bürotür. Leise klopfte er und wartete.
„Ja“, erklang es dumpf.
„Frischfleisch.“
Verwundert sah Lena ihren Begleiter an. Warum rief er „Frischfleisch“? Hatte das eine Bedeutung? Vielleicht war es ein Codewort. Tatsächlich, die Tür wurde aufgerissen, ein dicklicher Mann mit Glatze, braunen Augen und einer fetten Warze auf der Stirn schaute sie erwartungsvoll an. Ein Pfiff entwich seinen wulstigen Lippen.
„Dann kommt mal rein“, säuselte er, während er seine fetten Hände rieb. Stolz wie ein Pfau schob Igor das junge Mädchen in den Raum. Hier standen ein Schreibtisch, davor zwei Stühle, ein alter Tisch mit weiteren Stühlen und ein Schrank. In der Ecke hing ein Waschbecken. Die Luft roch verbraucht und muffig.
„Wie alt bist du?“ „14“, antwortete Lena wahrheitsgemäß.
„Hast du Lust, dir einen 50er zu verdienen?“
Lenas Augen leuchteten. 50 Mark waren viel Geld, zumal sie von ihrer Mutter nur selten etwas Taschengeld bekam. Was der Mann dafür wohl verlangen würde? Vielleicht sollte sie kellnern, vielleicht putzen oder andere Arbeiten verrichten.

„Du musst nicht viel machen. Das ist vielleicht eine halbe Stunde Arbeit, wenn überhaupt."
Nicht viel machen? Das klang wie Musik in Lenas Ohren. Wo würde man in einer halben Stunde so viel Geld verdienen können? Wahnsinn! Das war echter Wahnsinn. Was würde sie nur mit so viel Geld machen? Auf jeden Fall wollte sie sich etwas Neues zum Anziehen kaufen. Sie hatte es satt, immer nur gebrauchte Sachen zu tragen.
„Dann lass uns erst einmal auf unser Geschäft trinken." Der Dicke hatte zwischenzeitlich die Gläser mit irgendetwas Alkoholischem gefüllt. Lena trank einen Schluck und verzog das Gesicht. Irgendwie schmeckte das sehr merkwürdig. Mit Mühe und Not zwang sie sich das erste Glas herunter, da hatte der Dicke auch schon nachgeschenkt. Dann kippte er weißes Pulver oben drüber und verrührte es.
„Das ist Brause", log er das ahnungslose Mädchen an.
50 Mark! Lena war mit den Gedanken nur noch bei dem Geld. Sie nickte freudig und trank erneut. Wenige Augenblicke später wurde ihr speiübel. Das Zimmer drehte sich, erst langsam und dann immer schneller und schneller. Sie sah die hämisch grinsenden Gesichter von diesem Igor und dem Dicken, dann wurde alles schwarz. Sie ergab sich ihrem Schicksal.
„Hab neues Frischfleisch, komm am besten sofort her, sonst ruf ich ´nen anderen Kunden an." Das waren die letzten Worte, die Lena hörte …

Wahre und unwahre Kurzgeschichten

von Anja Westermann-Taddigs

Leseprobe

Das Buch ist 2005 erschienen und unter der ISBN 3-9810217-0-3 erhältlich.

Preis 9,80 €

Übermut tut selten gut

Vor über 14 Jahren lernten Dirk und Jörg sich in einer Diskothek kennen, seitdem waren sie nun die besten Freunde. Zum Leidwesen ihrer Ehefrauen frönten sie allerdings dem Hobby, sich gegenseitig üble Streiche zu spielen. Dirk bewohnte mit seiner Frau ein Haus mitten im Dorf und arbeitete den ganzen Tag in einer Baufirma. Jörg hingegen war sein eigener Herr, als Landwirt verdiente er sein Geld. Gemeinsam mit seiner Ehefrau bewirtschaftete er eine Hofstelle.

Dirk litt schon längere Zeit unter üblen Magenschmerzen. Aufgrund dessen füllten regelmäßige Arztbesuche in letzter Zeit seine Freizeit aus. Dirk war kein Typ, der wegen so etwas seine Arbeit vernachlässigen würde.

„Wir werden jetzt doch eine Magenspiegelung machen lassen", eröffnete ihm eines Tages sein Hausarzt.

„Lässt sich ja nicht ändern." Cool nahm Dirk die Überweisung zum Spezialisten entgegen.

Am selben Abend trafen sich die befreundeten Ehepaare, und Dirk klagte seinem besten Freund sein Leid. Bereits zwei Tage später sollte die Magenspiegelung stattfinden.

„Wird schon nicht so schlimm werden", tröstete Jörg seinen Freund. Innerlich kam ihm ein neuer Gedanke hoch. Ein toller Streich! Mahnend sah seine Frau ihn von der Seite an. „Wehe, das ist jetzt kein Spaß", konnte er an ihren Augen ablesen. Anscheinend konnte sie Gedanken lesen. Unschuldig zog er seine Schultern hoch.

„Zu welchem Arzt musst du auch noch?" Jörg erkundigte sich mit einem treuen Dackelblick.

„Denk noch nicht einmal dran. Das kann eine ernste Sache sein", warnte Dirks Frau energisch. Auch sie meinte, Jörgs Gedanken lesen zu können.

„Aber ich mache mir doch nur Sorgen“, antwortete dieser mit gespielter Empörung.
Die nächsten zwei Tage vergingen für Dirk wie im Fluge, und ehe er sich versah, saß er im weißen „Leichenhemd“ vor dem Arzt. Beim Anblick des Schlauches wurde ihm speiübel. Eine Arzthelferin nahm tröstend seine Hand und drückte sie.
„So, nun wollen wir uns mal auf die Seite legen und den Mund aufmachen.“ Aufmunternd schaute der Arzt seinen Patienten an. Ein zweiter Arzt kam hinzu und gab dem behandelnden Arzt Anweisungen.
Auch das noch, ein Anfänger! Dirks Angst wurde nun noch unerträglicher.
„Wir haben alle mal angefangen zu lernen, lieber einen guten und einen schlechten Arzt als nur einen schlechten …“
Allerhand Gedanken schwirrten in seinem Kopf herum.
„Nun verkrampfen sie sich mal nicht so, dann geht es auch ein bisschen einfacher.“ Der zweite Arzt hatte gut reden. Schließlich pfuschte an ihm ja kein Anfänger herum.
Dirk wollte etwas sagen, doch mit dem Schlauch im Hals war das unmöglich.
Etwa 20 Minuten später kehrte Dirk erleichtert in das Wartezimmer zurück. Seine Frau wartete schon ungeduldig und freute sich, ihren Mann wiederzusehen.
„Habe keine Geschwüre, ist wohl nur eine Entzündung.“ Dirk wedelte mit einem Rezept vor ihrer Nase herum.
Abends konnte Jörg, sein bester Freund, seine Neugierde nicht mehr zurückhalten und rief Dirk an. In einem Gespräch, das über eine Stunde dauerte, schilderte Dirk seine Erlebnisse bis ins kleinste Detail. Jörg konnte sich das Grinsen kaum verkneifen. Sein neuester teuflischer Streich nahm Formen an. Susi, eine alte Schulkameradin, war genau die richtige Helferin für diese Tat. Nach dem Gespräch mit

seinem Freund setzte er sich sofort mit ihr in Verbindung. Susi war von dem Vorhaben begeistert und vereinbarte mit ihm ein Treffen für den nächsten Tag bei sich zu Hause.

Am nächsten Tag log Jörg seine Frau an.

„Ich habe noch einige Besorgungen im Dorf zu machen. Bin in zwei Stunden wieder da“, rief er ihr im Vorbeigehen zu.

„Der benimmt sich irgendwie komisch“, dachte seine Frau verwundert. Eifersucht stieg in ihr hoch. Ist da vielleicht eine andere Frau im Spiel?

Bei Susi angekommen, tranken die beiden erst einmal genüsslich einen Kaffee.

„Hier ist die Handynummer.“ Jörg schob Susi einen kleinen Zettel hinüber. Sofort nahm sie ihr Telefon und wählte die Nummer. Nach dem fünften Klingeln war Dirk endlich dran.

„Praxis Dr. Schröder, mein Name ist Siefken“, meldete Susi sich gelassen.

„Guten Tag.“ Dirk beschlich ein ungutes Gefühl. Hatte der Arzt doch noch etwas entdeckt?

„Ich weiß gar nicht, wie ich anfangen soll … Uns ist ein schlimmer Fehler unterlaufen. Es tut uns ja so Leid …“

„Nun reden sie schon.“ Dirk war mittlerweile aufgebracht.

„Sie hatten gestern die Magenspiegelung bei uns.“

„Ja, und?“

„Es ist wirklich ein Versehen. Unsere Auszubildende ist ja nun gerade erst angefangen …“

„Jetzt hören Sie auf, mich auf die Folter zu spannen.“

„Hm, hören Sie, es ist mir wirklich furchtbar peinlich. Vor ihnen war ein Patient mit starken Darmproblemen da …“

„Und was habe ich damit zu tun?“

„Der Schlauch! Die Auszubildende hat die Schläuche vertauscht. Das heißt, der Schlauch, den wir bei Ihnen benutzt haben, war stark verunreinigt.“

„Sie meinen, Sie haben das Ding erst bei irgendeinem Typen in den Arsch gesteckt und dann in meinen Mund?“ Dirk fing laut an zu würgen.
„Nein.“
„Gott sei Dank.“
„Ich meinte nur, dass es kein Typ, sondern eine ältere Dame war.“
„Oh Gott, also doch.“ Dirk wurde erneut schlecht.
„Also, wenn in den nächsten Tagen Beschwerden auftauchen sollten, können sie sich jederzeit melden.“
„Niemals, Ihre Praxis werde ich niemals wieder betreten“, schrie Dirk wie von Sinnen in das Telefon und legte auf. Er musste sich übergeben. Seine Magenkrämpfe wurden wieder schlimmer. Kein Wunder, wenn man Darmbakterien von einem Fremden in sich hat. Dirk nahm sich für den Rest des Tages Urlaub.
Jörg liefen unterdessen die Tränen vor Lachen herunter. Er konnte sich kaum noch beherrschen.
Jörgs Frau wurde zwischenzeitlich immer unruhiger. „Da ist doch irgendetwas im Busch! Normalerweise fragt er mich immer, ob ich mit möchte oder ob ich noch etwas brauche.“ Von ihrem Instinkt getrieben, setzte sie sich in ihren Kleinwagen und fuhr wahllos durch Zetel. Sie suchte den Wagen ihres Mannes. Endlich wurde sie in Kronshausen fündig.
„So macht man also Besorgungen“, dachte sie fassungslos. Wütend drehte sie ihren Wagen und fuhr nach Hause. Der Kerl war glatt zu dieser blöden Susi Siefken gefahren. Was hat die Siefken, was sie nicht hatte? Tränen liefen über ihr Gesicht, und sie hatte Schwierigkeiten, sich auf den Verkehr zu konzentrieren. Zu Hause angekommen, packte sie sofort ihre Koffer. Der sollte schon sehen, was er von seinen Lügereien hatte. Pah, Besorgungen machen. „Der

hat es sich nur besorgen lassen.“ Sie versuchte, sich Susi mit ihrem Mann in Aktion vorzustellen, was die ganze Sache nur noch schlimmer machte. Als ihre Sachen endlich gepackt waren, fuhr sie los. Sie würde zu Dirk fahren. Die beiden hatten ein großes Haus und immer ein Gästezimmer frei. Ihren Eltern wollte sie nicht die Freude bereiten. Ihr Vater hatte sie immer vor Jörg gewarnt.
Bei Dirk angekommen, öffnete ein schneeweißer Dirk die Tür. Weinend stürmte sie an ihm vorbei. Ihre Freundin hörte sich die Geschichte fassungslos an.
„Dieses Schwein! Du kannst so lange wie du willst bei uns bleiben.“
Gegen Abend klingelte es an der Tür, und ein zermürbter Jörg stand davor. Nach einem langen Gespräch war seine Frau bereit, zu ihm zurückzukommen.
Die Freundschaft zu Dirk hat starken Schaden genommen. Es wird noch einige Zeit dauern, bis endlich alle über diesen Streich lachen können.

Der verschwundene Ring

Schwer atmete die alte Frau auf dem Sterbebett. Natalie saß unglücklich neben ihrer sterbenden Oma und streichelte die schwache Hand. Dankbar sah diese zu ihr hinüber.

„Du bist die Einzige, die in diesen schweren Stunden für mich da ist“, flüsterte die alte Dame schwach. Sie lag nun schon seit Wochen im Krankenhaus. Heute Morgen hatte eine Ärztin bei Natalie angerufen und um ein Gespräch gebeten. „Es kann jeden Augenblick zu Ende gehen, die inneren Organe arbeiten nicht mehr mit, und ihre Oma will an keine Maschine angeschlossen werden“, eröffnete ihr die Ärztin. Diesen Wunsch musste jeder akzeptieren, auch wenn es schwer fiel.

Nun saß Natalie am Bett ihrer Lieblingsoma. Diese Frau war wie eine Mutter für sie. Sie hatte sie großgezogen, sie war immer für sie da. Natalies Mutter war noch sehr jung gewesen, als Natalie zur Welt gekommen war. Zu ihrer Mutter hatte sie nie viel Kontakt gehabt. Sie war eher wie eine Schwester für sie.

„Bitte schau in die Schublade, dort liegt ein Abschiedsgeschenk. Wenn du mal traurig bist, dann schau es dir an und denk dran, dass ich immer bei dir bin.“

Natalie öffnete unbeholfen die Schublade des kalten Metalltischchens.

„Da, in dem Taschentuch.“

Natalie sah ein besticktes Stofftaschentuch in der Schublade liegen und holte es heraus. Sie fühlte etwas Hartes in diesem Taschentuch.

„Nun hol ihn schon heraus“, forderte ihre Oma sie auf.

Vorsichtig schaute die junge Frau nach und hielt plötzlich einen wunderschönen goldenen Ring in ihrer Hand. Ein hellblauer Stein funkelte sie im Schein der Nachttischlampe an.

„Oh Oma, dieser Ring ist wunderschön, und er passt sogar."
„Das ist schön", freute die sterbende Frau sich schwach.
Um 0.27 Uhr stellten die Ärzte den Tod der Frau fest. Natalie weinte bittere Tränen und drehte den Ring an ihrem Finger. Der Ring war ihr ein kleiner Trost.
Diese Geschichte war nun einige Monate her. Immer wenn Natalie ihren Ring anschaute, dachte sie an die schönen Momente mit ihrer Oma.
„Hast du einen schönen Ring", bewunderte Bärbel Natalies Ring.
Natalie schossen Tränen in die Augen. Traurig erzählte sie Bärbel von ihrer Oma. Bärbel drückte ihr Mitgefühl aus.
Tage später war ein Tupperabend bei Natalie angesagt. Aus diesem Anlass wienerte sie ihre ganze Wohnung. Den Ring legte sie andächtig auf die Ablage über dem Waschbecken. Er sollte durch die ganze Putzerei keine Schramme abbekommen. Bärbel und vier andere Freundinnen amüsierten sich den Abend über mit den Töpfen und Schalen. Es wurde ordentlich gekauft, und Natalie bekam ein schönes Gastgebergeschenk.
Am nächsten Morgen kam dann das bittere Erwachen. Nach dem Duschen griff sie wie gewohnt auf die Ablage. Der Ring! Der Ring war weg! Mühsam schluckte sie.
„Er kann nur ins Waschbecken gefallen sein", dachte Natalie sich und griff zum Hörer. Verstört wählte sie die Nummer des Hausmeisters. Dieser versprach ihr, sofort vorbeizukommen. Danach wählte sie die Nummer ihrer Arbeitsstelle und entschuldigte sich für ihr Späterkommen.
Der Hausmeister schraubte das Rohr vom Waschbecken ab. Bis auf Schmutz und Haare kam nichts zum Vorschein.
„Ist der Ring vielleicht gestohlen worden?" Der Hausmeister sah die traurige Frau mitfühlend an.

„Das glaube ich nicht“, antwortete Natalie unsicher. In Wirklichkeit hatte sie auch schon den Verdacht, mochte ihn aber nicht äußern. Ihre Freundinnen waren doch keine Diebinnen!
Tagelang suchte Natalie, sie rief ihre Freundinnen an, doch niemand hatte etwas bemerkt. So unglücklich war sie in ihrem ganzen Leben noch nicht gewesen.
Wochen später passierte es dann. Natalie war in einer Einkaufspassage unterwegs und bummelte durch die Geschäfte. Von weitem sah sie Bärbel. Das erste Mal seit dem verhängnisvollen Abend.
„Bärbel, Bärbel“, rief sie aufgeregt quer durch eine Parfümerie.
„Natalie!“ Mit ausgestreckten Armen kam Bärbel ihr entgegen. Die beiden Frauen begrüßten sich stürmisch. Dabei fiel Natalie die Geldbörse aus der Hand. Das Kleingeld rollte quer durch den Laden.
„Warte, ich helfe dir“, Bärbel bückte sich und griff nach dem Kleingeld. Natalie erstarrte, ihr wurde speiübel. An Bärbels Hand blitzte der Ring ihrer Oma.
„Hier hast du dein Geld zurück“, lachte Bärbel und hielt ihr dabei einige Euros entgegen.
„Und mein Ring?“
Bärbel erstarrte. Wortlos übergab sie ihrer ehemaligen Freundin den Ring.
„Warum?“
„Ich fand deinen Ring so toll. Als er auf der Badezimmerablage lag, konnte ich einfach nicht mehr widerstehen“, gab Bärbel zu. Sie schämte sich für das, was sie ihrer Freundin angetan hatte.
Stumm steckte Natalie sich den Ring an den Finger und drehte sich um. Sie wollte auf schnellstem Wege nach Hause.

„Danke Oma, jetzt hast du mir gezeigt, wer mein Freund ist und wer nicht“, flüsterte sie dem Ring zu und schaute in den Himmel.

Mein Mörder

„Ich will dich nie wieder sehen!“, kreischte Gabi, bevor sie hinter sich die Tür zuschlug. Das war’s dann wohl.
Bernd konnte sich nicht vorstellen, ab sofort den Rest seines Lebens ohne diese wunderbare Frau zu verbringen. Er brauchte sie. Wie oft hatte sie ihm gesagt, dass sie ohne ihn nicht leben könne? Und jetzt hatte sie einen anderen Mann. Einen Arbeitskollegen, pah, was das wohl für ein kaputter Typ war. Bernd wünschte seinem Rivalen die Pest an den Hals und dass ihm sein Geschlechtsteil abfallen möge, nein, abfaulen wäre noch besser.
Tränen der Wut stiegen in ihm hoch, er schluckte hart. Er kannte Gabi nun schon einige Jahre, und er wusste, dass sie niemals zu ihm zurückkehren würde.
Er brauchte jetzt unbedingt jemanden zum Reden. Charly, sein bester Freund, war zwar ein Chaot, aber zum Zuhören war er gut genug. Charly wollte keine feste Beziehung, wenn er mal Druck hatte, ging er in den nächstbesten Puff. Gabi hasste Charly, sie kam mit seiner Lebensweise überhaupt nicht klar. Sie verachtete ihn sogar. Aus diesem Grund hatte Bernd nur heimlich Kontakt zu seinem Freund.
Er griff zum Hörer und wählte Charlys Nummer. Nach kurzer Zeit meldete sein Freund sich. Aufgelöst erzählte Bernd alles, was geschehen war.
„Sei froh, dass du die Alte endlich los bist“, ereiferte sich Charly.
„Ich kann und will ohne sie nicht leben.“
„Bist du doof, wozu brauchen wir Frauen? Wir brauchen die Weiber doch nur zu einem Zweck. Rechne dir das mal ganz genau aus … Du kannst besser einmal die Woche in den Puff gehen. Wirst dort vom Feinsten verwöhnt und hast hinterher keine Verpflichtungen mehr. Wenn du eine Frau hast, musst

du dir das ständige Genörgel anhören, Haushaltsgeld will die auch noch haben, du stehst 24 Stunden unter Kontrolle und so weiter, und so weiter. Hör mir bloß mit den Weibern auf. Glaub mir, die kannste alle vergessen, ausnahmslos alle. Du kannst dir zwar eine Frau erlauben, weil du genug Kohle hast, aber …"

„Nun hör endlich auf. Das ist ja ekelhaft, wie du über Frauen sprichst", unterbrach Bernd seinen Freund. Mit kurzem Gruß verabschiedete er sich von Charly.

Die folgenden Wochen waren eine Katastrophe. Gabi wollte tatsächlich nichts mehr mit ihm zu tun haben. Blumen schickte sie ihm einfach zurück, einen Heiratsantrag lehnte sie wütend ab. Es war in Wirklichkeit ja auch viel zu spät für den Antrag.

Bernd konnte nachts nicht mehr schlafen. Immer wieder wachte er auf, und wenn er doch mal schlief, dann träumte er von Gabi.

Als er es nicht mehr aushielt, besuchte er seinen alten Freund und Hausarzt.

„Mensch Bernd, du hast Depressionen. Verlieb dich doch einfach neu in jemand anderen. Ich kann dir auch Medikamente geben, doch die machen abhängig, also lassen wir die mal lieber weg. Du bist doch ein junger, gut aussehender Mann, der in Wirklichkeit bei sämtlichen Frauen Chancen hat. Du musst dich nur mal ein bisschen anstrengen", gab dieser seinen Rat.

Bernd zuckte mit den Schultern. Wenn noch nicht einmal sein Freund ihm helfen konnte, wer dann? Auf dem Nachhauseweg fuhr er an einem Beerdigungsinstitut vorbei. Jetzt kam ihm die Idee. Er musste einen Mörder finden, seinen Mörder. Die Idee war Klasse. Er wollte ohnehin ohne Gabi nicht mehr leben. Er konnte es sich ohne sie überhaupt nicht vorstellen. In der letzten Zeit hatte

er mindestens 10 Kilo abgenommen. Er fühlte sich zu schwach, um zu arbeiten. Seine Firma wurde zurzeit von seinem Geschäftsführer geleitet.
Woher sollte er nur einen hinterhältigen Mörder bekommen? Er kannte keinen.
Charly! Charly war oft mit zwielichtigen Typen zusammen. Der kannte bestimmt einen. Er musste ihn jetzt nur noch überreden, mitzumachen.
Bernd griff zum Autotelefon und rief bei Charly an. Er wunderte sich nicht, dass Charly zu dieser Tageszeit zu Hause war, schließlich war er ein Lebemann und arbeitete nur selten. Wie oft hatte er ihm schon aus der Patsche geholfen. Immer wenn es knapp wurde, jammerte Charly so lange, bis Bernd ihm etwas gab. Das Geld sah er dann nie wieder, aber Charly hatte den Anstand und arbeitete seine Schulden ab. Schnell hatten die beiden sich für den Abend verabredet. Bernd wollte etwas Leckeres kochen, obwohl ihm gar nicht danach zumute war.
Die nächsten Stunden vergingen wie im Fluge, pünktlich um 19 Uhr klingelte Charly an Bernds Haustür.
Nach dem Essen legte Bernd sofort los und erzählte Charly von seinem Vorhaben.
„Du bist ein kompletter Idiot.“ Charly schaute seinen Freund ratlos an.
Bernd gab nicht auf, doch Charly ließ sich nicht erweichen, mit dem Zeigefinger tippte er an Bernds Stirn.
„Na gut, ich werde dich als meinen Erben einsetzen. Du weißt, ich habe keine Kinder, meine Eltern sind beide verstorben, Geschwister hatte ich auch nie. Du würdest alles erben, meinen Porsche, mein Haus, meine Firma und mein ganzes Geld …“ Bernd sah seinen Freund beschwörend an. Nun wurde es Charly zu viel, er sprang auf, der Stuhl kippte, fluchtartig verließ er das Haus.

Verzweifelt raufte Bernd sich die Haare. Er fand, dass Selbstmörder einfach keinen Stil hatten, das hatte sein Vater auch immer gesagt. Aber einen Mörder zu arrangieren, das hatte einfach Klasse.

Wieder vergingen einige Tage, Bernds Seelenzustand verschlechterte sich immer mehr. Sein Geschäftsführer besuchte ihn einmal am Tag, um ihm Neuigkeiten aus der Firma mitzuteilen. Bernd interessierte sich für diese Dinge gar nicht mehr. Er zog sich überall zurück, dachte nur noch an Gabi. Hätte er sie doch bloß geheiratet, als sie es wollte. Aber nein, seine Freiheit war ihm wichtiger gewesen. Immer wenn sie ihm ihre Gefühle zeigte, fühlte er sich geklammert und wurde kalt. Jetzt verstand er seine Exfreundin plötzlich, Zurückweisung war grausam. Er erlebte es nun endlich mal am eigenen Leibe. Bernd zuckte zusammen, irgendjemand klingelte an der Haustür Sturm. Wütend stampfte er in die Richtung. Wenn das sein Geschäftsführer war, dann sollte der was erleben.
Nachdem er die Tür aufgerissen hatte, schaute er in Charlys zermürbtes Gesicht.
„Kannst du mir was pumpen? Bin mal wieder blank."
„Ganz bestimmt nicht." Bernd schlug wütend die Tür zu, es klingelte erneut und er öffnete sie sofort wieder.
„Na gut, ich werde es tun. Ich suche dir deinen Mörder." Flehend sah Charly ihn an.
„Bist du verrückt? Doch nicht an der Haustür." Bernd zog ihn entsetzt am Kragen herein. Danach schaute er draußen, ob jemand etwas gehört haben könnte. Nein, niemand war hier. Im Hause schmiedeten die beiden Männer einen Plan.
„Ich werde nach Amsterdam fahren, dort kenne ich jemanden, der das erledigen würde. Das kostet 10.000 €, und ich brauche auch 10.000 €, sonst habe ich ab übermorgen

zwei gebrochene Beine." Bernd widerten Charlys dubiose Kontakte an.
„Na gut. Ich gebe dir zehntausend, du fährst heute Abend noch los. Wenn du wieder hier bist, gebe ich dir die anderen zehn."
„Aber das kannst du nicht machen. Gib mir erst meine zehn Scheine und dann das Mördergeld, übermorgen fahre ich nach Amsterdam. Ich weiß nicht, wie du auf so eine Scheißidee kommst, und warum du ausgerechnet mich mit hineinziehen musst", jammerte Charly erneut.
„Entweder sofort, oder du kannst die Kohle vergessen", bestimmte Bernd. Er wusste, dass er am längeren Hebel war.
Charly schlug ein, Bernd holte das Geld aus dem Tresor und übergab es ihm.
„Vergiss nicht, dein Testament zu machen, nicht dass ich leer ausgehe." Charlys Worte ekelten Bernd an. Der Mann hatte einfach keinen Stil und würde auch niemals welchen bekommen. Bernd hatte Charly seinen Porsche mitgegeben, er brauchte das Auto zurzeit ohnehin nicht.
Mit quietschenden Reifen fuhr Charly vom Hof, Richtung Amsterdam. Er musste sich auf jeden Fall beeilen, das Geld steckte in seiner Jackeninnentasche.

Zu Hause fühlte Bernd sich zum ersten Mal seit Tagen erleichtert. Eine Last war von ihm abgefallen, morgen würde er wieder zur Arbeit fahren. Gott sei Dank hatte er noch ein zweites Auto, einen edlen schwarzen Mercedes.

Mitten in der Nacht kam Charly in Amsterdam an. Langsam steuerte er Bernds Porsche durch das Drogen- und Rotlichtmilieu. Hier war er richtig, vor einer Spelunke stellte er das Auto ab. Hoffentlich war Claas da, der könnte

ihm bestimmt weiterhelfen. Als Charly den Laden betrat, bemerkte er als Erstes die schlechte Luft. Er kniff die Augen zusammen und versuchte jemanden zu erkennen. Hinter dem Tresen stand eine dicke Frau mit aufgemaltem Muttermal über der Lippe und rot gefärbten Haaren.
„Wo ist Claas?“
Misstrauisch schaute die Frau ihn an.
„He Süßer, tanzen wir?“ Eine langbeinige Blondine, etwa Anfang 20, wirklich gut aussehend, legte ihre Arme um seinen Hals. Die Frau war ganz nach seinem Geschmack, augenblicklich setzte sein Verstand aus, der kleine Charly in seiner Hose wurde riesengroß. Zu langsamer Musik schwebte er mit der Blondine im Arm über die Tanzfläche.
„Ich heiße Natascha“, säuselte ihm die Unbekannte ins Ohr.
„Charly.“
An diesem Abend trank er so viel wie noch nie in seinem Leben. Als die Blondine ihm nach einigen Stunden eindeutige Angebote machte, konnte er nicht nein sagen.

Als der nächste Morgen anbrach, machte Bernd sich frohen Mutes auf, um in seine Firma zu fahren. Dort wurde er herzlich von seinen Angestellten empfangen. Zum ersten Mal wurde ihm bewusst, wie beliebt er als Chef war.

Charly wachte erst durch ein energisches Klopfen am Vormittag auf. Er stöhnte laut, ihm war übel. Verwundert sah er sich um. Er lag in einem schmuddeligen Zimmer. Nikotingelbe Vorhänge hingen vor den Fenstern, das Mobiliar roch muffig. Ekelgefühl stieg in ihm hoch. Wo war er? Nachdem er verstört die Tür geöffnet hatte, wurde ihm klar, dass er sich in einem Stundenhotel befand. Missmutig hielt die Wirtin ihm die Hand entgegen, sie wollte Geld. Es dauerte einige Schrecksekunden, bis er begriff, was die Frau wollte.

Charly griff in die Innentasche seiner Jacke, doch dort war nichts. Verdammt noch mal, die 10 Riesen mussten doch da sein. Jetzt wurde er hektisch. Nach einigen Minuten wurde seine Ahnung grausige Wahrheit. Diese Natascha war mit seiner Kohle abgehauen. Er hatte nur noch 62 € in seiner Hosentasche. Laut fluchend rannte er durch den dunklen Flur, verfolgt von der aufgebrachten Wirtin. Er gab ihr kein Geld, sie drohte mit der Polizei, egal, Charly flüchtete aus dem Stundenhotel. Nach einer halben Stunde Suchen fand er Bernds Porsche wieder. Wenigstens war das Auto nicht gestohlen worden. Ihm war schlecht, und er wusste nicht, was ihm mehr Übelkeit bereitete – die Tatsache, dass er zu viel getrunken hatte oder dass die Kohle weg war. Mit klopfendem Herzen fuhr er los. Er durfte seinem Freund auf gar keinen Fall sagen, was passiert war. Auf dem Rückweg ließ er sich mehr Zeit, irgendetwas musste ihm, verdammt nochmal, einfallen.

Bernd hingegen ging es an diesem Tag zum ersten Mal seit langer Zeit wieder gut. Die Arbeit machte ihm Spaß. Einige Male fragte er sich still, ob sein Vorhaben richtig sei. Auch wenn Gabi nichts mehr von ihm wissen wollte, seine Angestellten schienen ihn zu brauchen.

Als er abends zu Hause war, fühlte er sich glücklich erschöpft. Es klingelte. Ob das sein Mörder war? Der hatte es aber eilig. Mit angehaltenem Atem schlich Bernd zur Tür und guckte durch den Spion. Charly!

„Alles klar?“ Bernd öffnete die Tür.

„Na klar! In den nächsten Tagen wirst du Besuch bekommen. Alles wird ganz schnell und unverhofft gehen“, log Charly.

„Dann ist es ja gut. Jetzt willst du sicherlich die anderen 10 Riesen haben.“ Bernd bemühte sich, sich seine Zweifel nicht anmerken zu lassen. Plötzlich dachte er zum ersten Mal an diesem Tage an Gabi. Ein kleiner Schmerz machte

sich in seinem Herzen breit. Müde ging er zum Tresor, um seinem Freund und Erben 10.000 € zu übergeben.
„Gott sei Dank hat er nichts gemerkt“, dachte Charly verzweifelt. Er brauchte das Geld dringend, um Spielschulden zu begleichen. Zeitweise beschlich ihn ein schlechtes Gewissen, das jedoch durch seine Angst vor gebrochenen Beinen unterdrückt wurde. Nachdem Bernd ihm das Geld übergeben hatte, verschwand Charly mit kurzem Nicken. Er konnte seinem alten Freund nicht länger in die Augen schauen.
Bernd ging an diesem Abend früh ins Bett. Im Halbschlaf wälzte er sich hin und her. Das Telefon klingelte mitten in der Nacht, er schreckte hoch. War das sein Mörder, der vielleicht draußen lauerte, um ihn durch das Fenster zu erschießen, sobald er das Licht anknipste? Im Dunkeln suchte Bernd nach dem Hörer.
Ach, was soll es? Ich will ja sterben, dachte er sich still und machte Licht. Endlich fand er den Hörer und nahm ab.
„Hallo?“
„Bernd, bist du es?“
Bernd erschrak, das war eindeutig Gabis Stimme.
„Gabi?“
„Ja.“
Ein Schweigen, keiner von beiden wusste, was er in diesem Moment sagen sollte. Bernd war nun hellwach, sein Herz klopfte.
„Kann ich zu dir kommen?“ Gabi weinte.
„Natürlich, jederzeit. Nein, doch nicht, du kannst nicht kommen. Ich komme sofort zu dir.“ Bernd fiel ein, dass sein Mörder in jedem Moment zuschlagen könnte, und diesen Schock wollte er Gabi nicht antun.
„Du hast jetzt schon eine andere Frau? Das ging aber schnell“, heulte Gabi lauthals los.

„Nein, aber du kannst nicht kommen. Ich kann es dir nicht erklären, aber bitte komm nicht her. Ich fahre jetzt sofort los, bin in ein paar Minuten bei dir.“ Bernd knallte den Hörer auf die Gabel, bevor Gabi wieder einmal mit ihren leidigen Diskussionen anfangen konnte.
Er warf seinen Mantel über den Pyjama und rannte aus dem Haus. Ehe er sich versah, saß er im Auto und fuhr los. Immer wieder schaute er in den Rückspiegel. Wurde er verfolgt? Natürlich wurde er verfolgt. Ein anderes Fahrzeug verfolgte ihn. Jetzt wurde ihm auch noch bewusst, dass er keine Schuhe anhatte. Bernd gab Gas, sein Verfolger gab auch Gas. Bernd wurde immer schneller, er fuhr absichtlich Umwege, sein Verfolger wurde auch schneller.
„Noch nicht, jetzt noch nicht. Du kannst mich erschießen, wenn ich mit Gabi geredet habe“, dachte er verzweifelt. Sein Mörder konnte eindeutig besser fahren, und so dauerte es nicht lange, bis Bernd zum Stoppen gebracht wurde.
Zwei dunkel angezogene Männer sprangen aus dem Fahrzeug. Bernds Herz schlug ihm fast bis zum Halse heraus. Die Autotür wurde aufgerissen.
„Nein, bitte nicht. Bringt mich morgen um, aber nicht jetzt. Ich zahl auch noch mal etwas extra.“ Bernd schrie wie von Sinnen und umklammerte seinen Kopf.
„Polizei, Zivilstreife“, stellte sich einer der beiden vor.
„Gott sei Dank! Danke, Danke, Danke.“ Bernd kreischte glücklich auf.
„So sind wir noch nie empfangen worden. Alkoholtest!“
Nachdem die Beamten festgestellt hatten, dass Bernd keinen Alkohol getrunken hatte, beratschlagten sie. Der Typ konnte nicht ganz dicht sein. Dieses merkwürdige Fahrverhalten, zudem hatte der nur einen Pyjama an, Schuhe fehlten gänzlich. Bernd gab den beiden seinen Führerschein. Er flehte und bettelte, dann erzählte er die halbe Wahrheit,

den Streit mit Gabi, seinen Liebeskummer, den Mörder verschwieg er lieber.
„Dann machen Sie sich mal auf eine Anzeige gefasst, und fahren Sie jetzt vorsichtiger“, ermahnte der Zivilbeamte ihn nachsichtig.
Langsam setzte Bernd seine Fahrt fort. Bei Gabi angekommen, machte diese ihm erst einmal eine Riesenszene.
„Na, musstest du erst deine neue Freundin nach Hause bringen?“ Wütend schaute sie in an.
„Nein, ich wurde von der Polizei angehalten. Bin so gerast, weil ich es nicht erwarten konnte, dich wiederzusehen.“
„Oh“, bekam er als kurze Antwort.
In der Wohnung fühlte Bernd sich überhaupt nicht wohl. Hier hatte sie Liebesstunden mit seinem Nebenbuhler verbracht. Bei dem Gedanken wünschte Bernd sich sofort seinen Mörder herbei. Er hätte doch nicht so viel Rücksicht nehmen sollen.
Gabi bot ihrem Ex einen Platz an und setzte sich ihm gegenüber.
„Ich hatte keinen anderen Mann“, begann sie das Gespräch.
„Nie hattest du Zeit für mich, immer waren andere Menschen dir wichtiger. Ich liebe dich immer noch, doch ich konnte nicht mehr. Als du mir die Blumen geschickt hast, habe ich geweint. Warum hast du deinen Heiratsantrag nicht früher gemacht? Ich hatte immer das Gefühl, dass du mich niemals heiraten würdest, und dass du keine Kinder willst. Oft glaubte ich, dass ich dir im Wege stehe. Warum hast du mir nie gesagt, dass du mich liebst? Wie oft habe ich mich nach diesen Worten gesehnt? Ich hätte alles für dich getan, ein tolles Auto und ein schickes Haus sind doch nicht alles im Leben. Natürlich ist es schön, wenn man sorgenfrei leben kann, aber es muss auch Liebe dabei sein. Mein angeblich

neuer Freund ist mein schwuler Arbeitskollege. Er hat mir nur einen Gefallen getan, er ist mein bester Freund, aber nicht mein Liebhaber."
Mit großen Augen starrte Bernd Gabi an. Das hätte er nun wirklich nicht erwartet. Warum hatte sie ihm nie gesagt, was **sie** möchte. Er dachte immer, alles richtig zu machen und nun das.
„Liebst du mich noch?" Unsicher schaute er zu ihr hinüber.
„Meinst du etwa, ich hätte mich sonst so erniedrigt und dich angerufen?"
„Nein, du hast Recht. Komm bitte wieder mit nach Hause. Wenn dir das Haus nicht gefällt, verkaufe ich es einfach, und du suchst uns ein neues aus, in dem du dich auch wohl fühlst."
„Das Haus ist schön, ich möchte nur, dass wir es mit Liebe und Wärme füllen."
Bernd kapierte zwar nicht, was Gabi meinte, aber egal, er würde es schon noch herausfinden.
„Dann lass uns gehen." Er stand auf und streichelte ihren Kopf.
„Mein Mörder könnte dort schon warten", schoss es ihm plötzlich durch den Kopf. Verdammt nochmal, er musste sofort heimlich Charly anrufen.
„Ich muss aber erst noch etwas mit dir bereden … Ich bin schwanger! Du wirst in 6 Monaten Papa." Ängstlich schaute Gabi an ihm hoch.
Auweia! Gabi war schwanger, und ein Mörder war hinter ihm her. Jetzt wurde ihm schlecht, er suchte das Badezimmer.
„Dir muss doch nicht schlecht werden", lachte Gabi. Sie hatte mit einer anderen Reaktion gerechnet, schreien, drohen und die Forderung nach Abtreibung. Nun rannte Bernd bleich in der kleinen Wohnung umher, stürzte auf den Balkon und

übergab sich. Nachdem er sich einigermaßen erholt hatte, bemerkte er einen Mann auf der anderen Straßenseite. Sein Mörder! Unter dem Mantel trug der Fremde bestimmt ein Gewehr.
Gabi war ihm gefolgt und tätschelte ihm beruhigend den Rücken.
„Rein, versteck dich und öffne bloß nicht die Tür, wenn es klingelt.“ Bernd schubste Gabi vor sich her.
„Spinnst du?“
„Bitte stelle mir keine Fragen. Tu nur, was ich dir sage. Wir schlafen heute Nacht bei dir. Deine Wohnung gefällt mir. Wie geht es dir überhaupt, oder besser gesagt euch?“ Nervös tätschelte er ihren Bauch.
„Gut.“
„Hast du Rollläden?“
„Ja.“
„Dann lass uns alle herunterlassen.“
„Warum?“
„Bitte.“ Bernd flehte auf Knien.
Gabi ließ alle Rollläden herunter. In dieser Nacht fühlte er sich wohl. Der Mörder könnte ihm jetzt nichts tun.

Die nächsten Tage waren grauenhaft für ihn. Er wohnte bei Gabi und ging nebenbei seiner Arbeit nach. Charly war nicht zu erreichen. Dadurch, dass er wieder Geld hatte, war er viel unterwegs. Bernd war übernervös und alle dachten, es läge an der bevorstehenden Vaterschaft.
Auf Nachrichten, die Bernd auf Charlys Anrufbeantworter hinterließ, kam keine Antwort. Dann endlich, an einem Freitag, stand Charly völlig heruntergekommen plötzlich bei ihm in der Firma. Das Geld war verbraucht, und sein schlechtes Gewissen ließ ihm keine Ruhe mehr.
„Ich muss mit dir reden“, begann er das Gespräch.

„Charly", kreischte Bernd schrill. Er zog seinen alten Freund in sein Büro. Hier war alles verdunkelt, die Vorhänge zugezogen.
Bernd erzählte nun die ganze Geschichte. Sie sprudelte nur so aus ihm heraus. Je mehr Bernd redete, desto mehr erhellte sich Charlys Gesichtsausdruck.
„Du musst meinen Mörder wieder abbestellen", schloss Bernd seine Erzählung.
„Das wird schwierig", Charly witterte ein gutes Geschäft.
„Wie viel?"
„2.000 müssten reichen."
Bernd griff in die Hosentasche. So viel hatte er immer dabei, kein Problem.
„Dann muss ich mich jetzt beeilen, bevor noch ein Unglück passiert. Ich freue mich übrigens, dass du dich anders entschieden hast. Dein Erbe hätte mich nicht glücklich gemacht", verabschiedete Charly sich mit einem schmierigen Grinsen aus dem Büro.

Der Unfall

Torben hat es gut, der ist schon Schulkind, dachte sich Daniel. Mit Eifer packte er seine Kindergartentasche. Papa hatte heute Urlaub und würde ihn diesmal zum Kindergarten fahren. Normalerweise fuhr ihn seine Mutter jeden Morgen mit dem Fahrrad zum Kindergarten. Oma und Opa hatten ihm letztes Jahr zu Weihnachten ein neues blaues Fahrrad geschenkt, und das war Daniels ganzer Stolz. Bisher musste er mit Torbens altem Fahrrad vorlieb nehmen, doch jetzt besaß er endlich ein eigenes.
„Nun träum nicht wieder so herum, Daniel“, ermahnte Karin ihren Sohn. Eric klimperte bereits unruhig mit dem Autoschlüssel. Daniel musste in den Kindergarten, danach wollte er Brötchen holen und mit seiner Frau in Ruhe frühstücken. Ein Frühstück ohne Kinder konnten sie schon lange nicht mehr genießen. Heute sollte der Tag sein.
„Kommst du nun freiwillig, oder muss ich dich holen?“ Eric stand vor der Treppe und schaute fragend nach oben.
„Komme schon.“ Wie ein Wiesel flitzte Daniel die Treppe hinunter.
„Kannst du mir die Schuhe zubinden?“ Bittend sah der kleine Blondschopf seinen Vater an.
Eric bückte sich, um seinen Sohn die Schuhe zuzubinden. Fertig!
„Denk an die Brötchen“, rief Karin ihrem Mann hinterher, als die beiden das Haus verließen.
Karin widmete sich nun ausgiebig der Hausarbeit. Wenn Eric gleich nach Hause käme, sollte alles sauber sein. Sie war froh, dass ihr Mann heute Urlaub hatte, so musste sie nicht die Tour zum Kindergarten fahren. Vor zwei Jahren hatten sie sich ein Häuschen gebaut. Ganz fertig war das Haus noch nicht, aber vielleicht würde Eric in diesem

Urlaub die Restarbeiten fertig stellen. Die meisten Nachbarn in diesem Viertel hatten noch Restarbeiten zu machen. Nachbarschaftshilfe wurde in dieser Wohngegend – Gott sei Dank – groß geschrieben. Karin schaute auf die Uhr – gleich war es 10 Uhr. Langsam konnte Eric zurückkommen.
„Der hat sich bestimmt in Bockhorn wieder festgequatscht", dachte sie leicht verärgert. Innerlich hatte sie sich schon seit Tagen auf den ersten Urlaubstag gefreut. Eine Reise war durch das Haus finanziell momentan nicht möglich. Aber für ein Eigenheim war sie bereit, darauf zu verzichten. Mittlerweile war es 10.15 Uhr, von Eric nichts zu sehen.
„Oder sitzt der im Supermarkt und frühstückt dort alleine? Wehe, dann ist hier der Teufel los!" Wütend schrubbte Karin den Fußboden. Normalerweise war Eric immer zuverlässig. Oder war ihm etwas passiert? Sorgenvoll schaute sie aus dem Fenster.
Endlich, 10.27 Uhr, hörte sie, wie Eric den Haustürschlüssel ins Schloss steckte. Karin lief zur Tür und riss sie auf.
„Wo warst du so lange?" Erstaunt sah sie ihren Mann an. Niedergeschmettert stand dieser vor ihr, den Kühlergrill des Autos in der Hand.
„Hatte einen Unfall", reuig schaute er seine Frau an.
„Wie konnte das passieren?"
„Weiß auch nicht, bin jemandem hinten drauf gefahren?"
„DU…? Du fährst doch hervorragend Auto. Wie konnte das passieren?
„In Bockhorn, weiß auch nicht mehr, wie und warum das passiert ist. Mein Gedächtnis …" Eric fasste an seinen Kopf und schüttelte ihn vorsichtig.
„War Daniel mit im Auto?"
„Ja, aber ihm ist nichts passiert. Ich habe ihn am Kindergarten abgegeben."
„Bist du sicher?"

„Ja, mein Gott. Du nervst mich, für mich interessierst du dich gar nicht.“
„Entschuldige bitte, wie geht es dir? Ist dir etwas geschehen?“
„Alles in Ordnung, aber frühstücken mag ich nicht mehr. Das ist ja so peinlich.“
„Quatsch, mach dir keine Sorgen. Das kann jedem passieren. War ja auch dein erster Unfall.“
„Seit 15 Jahren habe ich meinen Führerschein. Noch nie habe ich einen Unfall gebaut. Und ich habe diesen Unfall sogar verursacht“, Eric raufte sich die Haare.
„Bist du zu schnell gefahren? Hast du den Abstand nicht eingehalten? Wie konnte das passieren?“ Karin überhäufte ihren Mann mit Fragen über Fragen. Sie konnte nicht verstehen, wie das geschehen konnte. Als Autofahrer war er immer vorbildlich.
„Ich bin nicht zu schnell gefahren, habe Abstand gehalten und weiß nicht, wie das passieren konnte. Jetzt hör endlich auf zu nerven. Ich fahre jetzt in die Werkstatt und werde mir einen Kostenvoranschlag machen lassen. So was Peinliches …“ Eric ging wieder Richtung Haustür, den kaputten Kühlergrill in der Hand. Das Letzte, was er jetzt wollte, war diskutieren. Außerdem sollte Karin nicht den Grund seines Unfalls erfahren. Wahrscheinlich würde sie sauer werden und sich danach lustig über ihn machen. Ratlos sah sie ihm hinterher.
„Denk bitte dran, Daniel um 12 Uhr aus dem Kindergarten abzuholen“, rief sie ihm hinterher.
Wortlos setzte Eric sich ins Auto und fuhr los. Gott sei Dank fuhr der Wagen noch. Nur Blechschaden!
„Der hat sich so komisch benommen, irgendwas stimmt da nicht“, Karin grübelte nach und begann, das Mittagessen vorzubereiten. Schade, eigentlich wollte sie die Zeit nach

dem Frühstück nutzen und ihren Mann verführen. Die Kinder waren aus dem Haus, sie hätten sich hemmungslos lieben können. So wie schon lange nicht mehr. Das war wirklich schade. Verdrießlich putzte sie das Gemüse. Wer wusste, wann sie wieder die Gelegenheit bekämen …?
12.15 Uhr, die Haustür wurde aufgeschlossen und Daniel stürmte herein.
„Mama, Mama, wir machen einen Ausflug nach Jaderberg, in den Freizeitpark. Du musst mir morgen 10 € mit zum Kindergarten geben.“ Aufgeregt sprang Daniel auf und ab.
„Hallo erstmal, Hände waschen und ab an den Tisch. Das Essen ist fertig. Eric stand hinter seiner Frau und umarmte sie innig. Ihm tat sein rüder Ton von vorhin leid. Das war nicht gerecht gewesen.
Beruhigend streichelte Karin über seine Hände.
„Ist doch nicht so schlimm“, versuchte sie ihn zu trösten.
Torben würde erst später von der Schule kommen. Die Grundschule in Steinhausen war nicht weit von ihrem Viertel entfernt.
Zu dritt saß die Familie am Mittagstisch.
„Wie konnte das denn passieren, Daniel?“ Fragend schaute Karin ihren Jüngsten an.
„Keine Ahnung“, verschwörerisch schaute der Junge zu seinem Vater herüber. Dieser zwinkerte ihm dankend zurück.
„Was es denn jetzt los? Habe ich kein Recht, das zu erfahren?“ Karin schaute die beiden „Männer“ wütend an.
„Papa hat dir doch schon alles erzählt. Ich weiß von gar nichts“, log Daniel.
„Musst du den Jungen jetzt schon zum Lügen erziehen?“ Wütend stand Erics Frau vom Mittagstisch auf. Der Appetit war ihr nun vergangen.
„Es ist doch nichts passiert.“ Eric schaute seinen Sohn ängstlich an.

Daniel fühlte sich ganz groß. Er hatte seinem Vater versprochen, nicht zu erzählen, warum dieser zu spät gebremst hatte.
Karin verließ die Küche, die Tür flog hinter ihr zu. Die beiden Männer schauten sich an.
„Papa, du musst die Wahrheit sagen. Ich mag nicht, wenn Mama böse auf mich ist“, bettelte Daniel.
„Dann flippt sie völlig aus.“ Eric stocherte nachdenklich im Essen herum.
„Wenn wir noch länger warten, wird sie noch böser.“ Daniel stand auf, um seiner Mutter zu folgen.
„Gut, dann erzähl du es ihr.“ Eric wollte nicht, dass sein Sohn ein schlechtes Gewissen haben musste. Seine Frau würde sich schon wieder beruhigen.
Karin saß unterdessen im Schlafzimmer auf dem Bett und grübelte.
„Mama? Darf ich zu dir kommen? Ich erzähle dir jetzt die ganze Wahrheit.“ Daniel stand mit traurigem Gesicht in der Tür.
„Na komm und setz dich neben mich“, forderte Karin ihren Sohn auf.
„Papa ist mit mir zum Kindergarten gefahren“, begann Daniel seine Erzählung, „er fuhr wirklich gut, wie immer. Mama, du weißt doch, dass Papa der beste Autofahrer der Welt ist … Vor uns fuhr ein Auto und davor noch eins. Beim Supermarkt lief eine Frau mit ganz langen Beinen und einem ganz kurzen Rock. Außerdem hatte die ganz langes, gelbes Haar.“
„Das heißt blond“, verbesserte Karin ihren Sohn.
„Ach so, na ja. Der Papa hat nur zu der Frau gesehen, der Mann vor uns im Auto auch, das Auto davor wollte auf den Parkplatz abbiegen und musste bremsen. Erst ist der Mann vor uns auf das erste Auto gefahren, Papa ist dann

dem Mann auf das Auto gefahren … Der Papa war gar nicht Schuld, wenn, dann hatte diese komische Frau Schuld, weil die so komisch angezogen war. Papa hat sich bestimmt nur Sorgen gemacht, dass sie sich nicht erkältet. Zu mir sagt er auch immer, ich darf nicht ohne lange Hose und Jacke raus."

Karin musste breit grinsen. Sie drückte ihrem Sohn einen dicken Kuss auf die Stirn. Eric hatte einer fremden Frau hinterhergeschaut und durfte jetzt dafür zahlen. Recht so, das hatte er verdient.

Hämisch grinsend betrat Karin pfeifend die Küche. Wie ein Schuljunge, der auf seine Strafe wartet, blickte Eric zu ihr.

„Das hätte mir nicht passieren können", lachte seine Frau schadenfroh, bevor sie sich auf seinen Schoß setzte und ihn auf die Stirn küsste.